〖中华诗词存稿·名家专辑〗

中华诗词学会 编

秋枫诗词选

李书文 著

图书在版编目（CIP）数据

秋枫诗词选 / 李书文著 . -- 北京 : 中国书籍出版社 , 2019.12

（中华诗词存稿）

ISBN 978-7-5068-7699-5

Ⅰ . ①秋… Ⅱ . ①李… Ⅲ . ①诗词—作品集—中国—当代 Ⅳ . ① I227

中国版本图书馆 CIP 数据核字 (2019) 第 291575 号

秋枫诗词选

李书文 著

责任编辑　吴化强

责任印制　孙马飞　马　芝

封面设计　采薇阁

出版发行　中国书籍出版社

地　　址　北京市丰台区三路居路 97 号（邮编：100073）

电　　话　（010）52257143（总编室）（010）52257140（发行部）

电子邮箱　eo@chinabp.com.cn

经　　销　全国新华书店

印　　刷　北京虎彩文化传播有限公司

开　　本　710 毫米 ×1000 毫米 1/16

字　　数　200 千字

印　　张　21.5

版　　次　2019 年 12 月第 1 版　2019 年 12 月第 1 次印刷

书　　号　ISBN 978-7-5068-7699-5

定　　价　298.00 元

《中华诗词存稿》编委会名单

作者简介

李书文，女，笔名秋枫，职称编审，中国作家协会会员，中华诗词学会会员，辽宁省诗词学会会长，中华《诗词月刊》顾问。出版个人诗文集五册，主编撰出版诗词专用工具书一套，即《中华实用诗韵》140 万字，《中华词律辞典》210 万字。有作品入编《中小学诵读精华》，有作品勒石刻碑于湖南省龙山县茨岩塘、龙泉、茅坪、水沙坪，浙江遂昌、青田，辽宁省营口、彰武，河北省临西等地的风景区。有作品发表于《人民日报，海外版》、中央党校《理论前沿》等多种大报刊。事迹曾刊载于《中国文化报》。个人实绩入编《中国孝韵故事》、《天下营口人》、《营口文化名人馆》。

总 序

我们这个诗歌大国有一个很好的传统，历来注重“采诗”、搜集整理诗歌材料。作为唯一的全国性诗词组织的中华诗词学会，自 1987 年 5 月成立以来，就十分重视这项工作。学会每年的学术研讨会和历届“华夏诗词奖”，都出版论文集和获奖作品集。纪念学会成立二十年、三十年时，还专门编辑出版了《大事记》《论文选集》《诗词选集》。《中华诗词》创刊以来，每年都制作年度合订本。2007 年 5 月，在北京天识东方文化艺术传播有限公司的资助下，以近代以来诗词创作、诗词理论、诗词运动重要文献汇编，当代名家个人作品专集等为主要内容，出版了《中华诗词文库》。经过十来年的编辑整理，已经出了近百卷。这些诗集、文集的出版，记录了近百年来尤其是改革开放四十多年来，中华诗词从起步、复苏走向复兴的砥砺前行的历程，为近、当代诗歌史的撰写准备了丰富的资料。

党的十八大以来，中华民族优秀传统文化重新受到应有的重视。习近平总书记《念奴娇·追思焦裕禄》词和《军民情》七律的相继发表，引领中华大地诗潮滚滚而来。《中共中央关于繁荣发展社会主义文艺的意见》和中办、国办《关于实施中华优秀传统文化传承发展工程的意见》，都明确提出“加强对中华诗词、音乐舞蹈、书法绘画、曲艺杂技和历史文化纪录片、动画片、出版物等的扶持。”国家教育部组织制定由中华诗词学会起草的新中国语言体系中的新韵书《中华通韵》已经通过国家语言文字工作委员会语言文字规范标准审定委员会审定，即将颁布全国试行。这些都使我们真切地感受到，中华诗词的春天真的到来了。诗人们乘着骀荡春风，正以高昂的激情，书写着中华民族伟大复兴的新时代、新史诗，国家富强、民族振兴、人民幸福的中国梦；正以与人民同呼吸、共命运的诗人之心，对人民的欢乐、人民的忧患、人民的情怀给以诗意的表达；正以“美”或“刺”的诗人之笔，对市场经济大潮中人民对幸福生活的期待，对美好未来的希望，对假丑恶的深恶痛绝，或给以方向，或给以赞美，或给以鞭挞。正如习近平总书记所指出的：“好的文艺作品就应该像蓝天上的阳光、春季里的清风一样，能够启迪思想、温润心灵、陶冶人生，能够扫除颓废萎靡之风。”

当前，传统诗词创作者和诗词爱好者队伍发展迅速，已超过三百万。每天创作的诗词作品超过唐诗、宋词、元曲的总和。诗词评论研究队伍也成长很快，诗词评论、诗词学、诗词创作理论研究成果丰硕。如何从浩如烟海的诗词作品中“淘”出优秀作品，并使之存下来、传下去，如何使诗词研究理论成果“面世”并发挥应有的指导作用，确实是摆在我们面前的无可回避的一个重要课题。中华诗词学会是一个没有国家编制，没有国家拨款的社会团体，事业的运转主要靠社会赞助和会员费支撑。俊识（北京）文化传媒有限公司总经理吕梁松、北京采薇阁总经理王强，两位一直是对中华传统文化情有独钟的热心人，慷慨解囊，愿意同中华诗词学会一起，搜集整理编辑推出《中华诗词存稿》这套书，共同为中华诗词文化的继承和发展，做成这件十分有意义的事情。

《中华诗词存稿》主要搜集整理出版三部分内容的资料：一是当代诗词名家的个人作品集；二是当代诗词评论家、诗词学者的学术著作集；三是当代诗词作品、诗词理论学术成果阶段性、专题性、地域性的集成类作品集。诗词作品强调精品意识，沙里淘金，把“有筋骨、有道德、有温度”的优秀诗词作品搜集起来。诗词评论、研究类资料强调理论性和创新性，应具有鲜明的个性特点，具有创建性的见解。集成类的资料应有一定的史料保存价值。总之，做成一套具有当代价值和历史意义的好书。在此，我们编委会人员，向提供资料、筛选编辑、版面设计、校对勘误，包括所有为这套资料付出辛勤劳动的同志们，表示真诚的谢意！

郑欣淼

二〇一九年七月于北京

真情最是许同袍
《秋枫诗词选》代序

罗锡文

自“五四”运动西风东渐以来，诗词和其它很多中华优秀传统文化一样，备受批评责难，一直处于非常尴尬的境地。即使改革开放以来，文化和学术有了更充分的自由，传统诗词也未被列为国家文化艺术管理机构扶持的对象，在“不禁止也不提倡”的夹缝中自生自灭。也因为国家有关部门没有给予诗词等传统文化一个明确的定位，让某些别有用心的文化官僚有机可乘，妄图把古汉语和诗词从教科书中砍掉，在教育和文化上“去中国化”。那怕在以“继承与发展”为借口的众多诗词大赛和国家级奖项中，传统诗词也被肆意糟蹋，用来恶搞或者交易，诗人的桂冠往往被授与不学无术者甚至是寡廉鲜耻之徒……尽管如此，“五四”之后近百年来，革命家、哲学家、艺术家、知识分子和广大民众，还是用传统诗词来记录中国由弱到强、由乱入治的民族复兴的波澜壮阔的历史，表达他们的理想、信念和感情，留下了很多很多脍炙人口、可以流传千古的名句名篇；改革开放以来，成千上万自发的诗词组织或挂靠于政协、工会、干休所，或者挂靠于企事业单位，如雨后春笋、见缝插针地在中华大地上蓬勃发展；数十万传统诗词爱好者在困惑中坚持创作，在欢呼盛世、讴歌时贤、倡道除弊和表现丰富多彩的社会实践中艰难前行；更有很多象张济川先生和秋枫女士一样的诗家，为了给广大诗词爱好者营造一个交流平台，不惜散家以赴……可见，包括格律诗词在内的中华传统文化有着极其颓强的生命力！正如习近平所说，“中华优秀传统文化已经成为中华民族的基因，植根在中国人内心，潜移默化影响着中国人的思想方式和行为方式”。

秋枫是中华诗词月刊杂志社社长兼主编，是诗词界所熟知的诗人。但秋枫并不是成功的社长——为了坚持独立自主的办刊方针和独特的风格，建立一个完全属于诗人的平台，她在有关领导和热心人士的鼓励下，把中华诗词月刊从“官办”改制为“民办”，成为无依无靠的“孤儿”，凭借几个热心人菲薄的工资支撑起一家全国性的诗词刊物；为了给广大诗人留住这最后一片净土，她拒绝了商业广告，也婉辞了高价并购，靠节衣缩食来维系这家几乎是普天之下最穷的杂志社。秋枫也不是最好的编辑——为了鼓励广大诗词爱好者，她不惜驳很多大家名家的面子，给那些初涉诗坛的新手腾版面。因为她知道，大家和名家不会因为月刊少采用他们的稿件而失去创作热情，而能在一家全国性刊物发表作品（那怕作品有时还不够成熟），往往可以让这些新人建立自信，把诗词作为一生的追求。由此可见她对诗词事业的一片苦心。秋枫估计也成不了最出色的诗人一她时时在为月刊的生存发展殚精竭虑，为各地诗词组织和创作基地的建立运作奔波忙碌，为诗教和诗词传播呕心沥血，根本没有时间静下来创作，也没有时间来修饰、推敲自己的作品。可以说，撑起这个真正属于广大诗人的交流平台的代价中，也包含了一位杰出诗人的艺术生命。

令人振奋的是，《秋枫律词选》在广大诗友的期待中出版了。虽然只有百十来首，已足以折射出作者的品性、理念和诉求。多数作品是秋枫在为诗词事业奔波忙碌或者参加各种诗词活动之余的急就之作，是作者最真切的心声。

秋枫是一位有担当的诗人，在没有任何资助的情况下，以一己之力编撰《中华实用诗韵》和《中华词律辞典》，其中的艰辛确实无法言表，但作者志在“继宋承唐兴大业，扶新剪腐护常青”，终觉“无私三尺冰消厚，有志十分月照明”；“烈马从来出战马，庸才每自妒英才”既是自勉和砥砺，也是对妒贤嫉能者的无情还击；“一心弘国粹，廿载不言功”（《宁夏诗词学会成立20周年致贺》），就是对中华儿女弘扬国粹这一历史使命的理性认识。

秋枫处事果决，颇有丈夫之气。从月刊改制到数易其址，以至倾家救社，辛酸中又带有几分壮烈，《无题》中“无奈刖刑衷不改，有情补璧业还彰”是对诗词事业义无反顾的执着追求，“依然亮盏心头照，辉耀征帆一路扬”和“楫击中流重放胆，蹄辞驿站又登程”，彰显作者弘扬优秀传统文化的坚定信念；“未悔投胎忧命贱，当修来世女儿身”（《与友人聊身世》），作者无悔于自己的选择，无悔于自己的事业，无悔于人生！“女儿腔里男儿血，羞见腮前着泪痕”（《知命感怀》之一）温婉中却充满流血不流泪的刚强！在笔者看来，芸芸众生之中，须眉未必真男子，巾帼岂无大丈夫？!

秋枫为人刚直，嫉恶如仇。假如说“初涉坛中砂砾厚，惯于道上性情真”（《与友人聊身世》）还是拂垢弹尘的话，《访山海关感袁崇焕》“狗头偏做羊头卖，黛色犹当白色吹”就是不平之鸣了，《原韵奉答邓世广兄》更是对社会腐败现象的无情批判：“占住琼台有俸银，庄家常改亦常新，雕龙未许许雕狗，长刺无成成长麟；笋出山中争嘴硬，苇生墙•上顺风真；时来书画邀恩宠，唯独诗词贫复贫”。到了知命之年，“望中霄壤等同幻，始悟人妖不共车”，虽然不求天地重合，却仍然泾渭分明。《泡茶》则是在功过是非之外直面本质的思辩：“冲得闲茶无意间，浑然上下自由旋；突来心绪认真想，未解情缘仔细看；一晃杯中同震荡，三思界外共牵连；忽从就理明常理，升降皆因水掌权”。

秋枫既有侠骨又充满柔情。她事亲至孝，父母均是无劳保无医疗保险无生活来源的农民，长年卧病，生活无法自理。秋枫克尽孝道将父母接到身边，亲侍汤药，妥为赡养。为了排解父母忧烦，时常用轮椅推送出游，被传为佳话。假如说亲情是源于人之本分，乡情友情是源于社会角色的话，那么她对诗词事业和诗人的这份真情就更加难能可贵了。虽然有“才疏偏冶三生笔，身累皆溶一字情”的感慨，她却无怨无悔，乐此不疲，“倾心两卷灯前写，沥胆三生道上行”！《青玉案•无题》就记录了个中感受——“追彩蝶寻芳路，更喜见，花千树。馥郁深深深几度。月来弄影，桂香穿户，自在高寒处。　云霞似火烧天幕，阆苑耕耘种李杜，妙手栽新无计数。倩谁情笃，得青眸顾，不是平常物”。

假如读者想探究秋枫甘为广大诗人和诗词事业奉献一切的原动力，也许可以从她的两阕《一剪梅》找到答案：

一剪梅·松

立命苍崖品不同，雾罩从容，雪压挺胸。聚今阅古大夫雄，从未邀功，确受皇封。　　月送晴明鹤舞空，久对江东，傲骨雄风。云天玉笔秀如龙，韵写长青，不改初衷。

一剪梅·梅

无负平生好景真，何畏艰辛，未计清贫。千般苦乐付耕耘，典当清晨，收获黄昏。　　愿许吟坛寄此身，宠不欢欣，辱不惊心。殷勤处处著枝新，抖擞精神，俏不争春。

岂曰无衣，与子同袍！无论环境多么恶劣，无论道路多么曲折，也无论探索多么艰辛，秋枫视广大诗人为父母师友、兄弟姐妹，总用她那羸弱的双肩撑起一片天地，守护中华诗词月刊这个属于天下诗人的平台。因此，她得到了诗人的认同、尊重和爱戴。也许，后世诗人不一定能记住秋枫的词句，但一定会记住她为诗词事业所作的一切！

《秋枫诗词选》序

赵林英

秋枫，原名李书文，她不仅是我人生的导师，更是我诗词专业的导师。我尊敬她、崇拜她，也更爱她！

也许是因为她生长在贫困山村的缘故吧，她做事总有着一种坚韧不拔的精神，一种近似固执的心态。就说学诗词吧，那是上个世纪八十年代中期，她悄悄的钻研，默默地自学。曾经因为太投入，忘记了正在做饭，连续烧漏了三个铝锅。她上下班衣兜里总是揣着一本王力的《诗词格律手册》，有时对面有人和他打招呼，她都听不到。时间长了，同事们都说她大脑有问题。在当今的社会里，她不会跳舞，不会打麻将，不会打扑克，更没去过歌厅，似乎要被社会淘汰了。但，她干工作一丝不苟，业余时间就是看书学习，别无他好。记得2001年年末开始，她在工作之余，就起早贪黑，每天只睡5.6个小时觉。全身心的投入，收集、整理、编撰《中华实用诗韵》，并聘请潘慎老先生前来助编《中华词律辞典》，历时近四年，终成大著。于2005年3月正式出版发行了《中华实用诗韵》工具书，这是一本按照国务院颁发的《通用语言文字法》为依据，以《佩文韵府》和《新声14韵》两种用韵工具书为脚本，以正叙、倒叙词典为参照，用时近四年而编撰成书的，当代诗词创作工具书。《中华实用诗韵》收录有效字13000余个，正叙、倒叙词条30余万条。还收纳了平水韵表、新韵表、词林正韵表。共计140余万字。为诗词创作者提供了方便的用韵、用词工具书。于2005年11月，携手潘慎老师正式出版发行了词学工具书《中华词律辞典》。这本词学工具书，是以潘慎老师早年编撰的《词律词典》为脚本，收集整合了《钦定词谱》《白香词谱》《全清词》等资料。完成了这本自唐五代以来词谱最全的工具书，收录词牌2500余个，词调5000余阙，共计210万字。可以说《中华实用诗韵》和《中华词律辞典》是当今收录最全最实用的诗词专业专用工具书。目前，这两本工具书，不仅国家字典馆有收藏，相关大学和各地图书馆、台湾也有馆藏，海外美国、日本等多个国家都有收藏。

秋枫为诗诚实，一丝不苟。她走一处写一处，以我手写我心，真情入诗，感人至深。她的作品不仅收入《中小学诵读精华》，而且在国内多处风景区勒石刻碑。

秋枫为业执着，她的专业知识全部是自学，凭实力不仅加入了中国作家协会，还取得了正高职称。退休后，又被选举担任辽宁省诗词学会现任会长（也是第二任会长，第一任会长是原辽宁省副省长谈立人，在任28年，2016年第一次换届）。在会长的位置上，为推动和发展诗词事业，她不顾个人安危，不惜搭上自己的退休金，努力拼搏，开辟新天地。先后自办或协办各种诗词活动十余次。开创老年、教师、学生等各种免费培训班长达三年，以及应聘为各级各地专业授课教师。先后四次配合学校带领学生走唐诗之路，讲课、改稿有时竟通宵达旦……。

秋枫为人谦虚，从不张扬。她曾担任国家级专业刊物的编辑、编辑部主任、主持人、主编等。帮助海内外诗友近百人出版个人诗集，为他人作序无数，她从不主动要求刊物转载。他笔下的《面对叶嘉莹》《近读沈鹏》等专访文章，他自己都不知道在多家网站可以查到。

秋枫对于她的双重身份，既为人女，又为人母的态度是：“养我的，我一定尽赡养义务，我养的一定尽培育责任！”她是这样说的，更是这样做的。她在八姊妹中承担了高龄重病父母的百分之九十五的赡养义务，被人称为孝女，事迹被收录在《中国百年孝韵故事》一书中。她的一双儿女，虽然不是啥出奇人物。但都是本分、诚实、自立的好公民。都继承了她的善良、诚信、上进、孝顺的天性。不仅对她十分孝顺，也把自己的生活过得丰富多彩。她常常满意的对人朋友说：“我这一生最满意的事情就是生了一双知情、孝顺的儿女。”现在，她除了忙省学会的事情外，再没有让她烦心的事，生活很充实、幸福！

对于秋枫的才学人品，诗作文章，好多大家都给予过很高的评价。她总是说：“大家的评价是对我的鼓励，我不可以把大家的评价当成自我炫耀的资本！”这种人品令我敬仰。她在上个世纪八十年代就兼任地方刊物的编辑，可以说是编辑出身，一直到当主编。她的主张都是：“立编德，对来稿一视同仁，允许偏爱，不允许偏废，不搞人为的论资排辈。树编风，绝不搞近水楼台先得月，不允许编辑人员占用头版头条位置发自己内部的作品。”她的胸怀和眼界令人钦佩！

我也曾劝过，希望她出版个人全集。她却说：“我已出版三册诗集，两册文集了，尽量不重复出版，以免浪费资源。”所以她这次出版主要以新作为主。其中：亲情、友情占有很大篇幅，从《侍亲小作》到《弄孙乐》，真情满满。感事抒怀，寄赠唱和诗选得很少，但视觉独到，不落窠臼。家国情怀、山水社稷，都隐中含忧，张扬正气，树立信仰，传播正能量。咏物诗，都是物中有我，物我合一，以物代言，抒发自我。她对自己作品的态度是："作品就是自己的孩子，必须用心呵护和栽培，马虎不得，不能让读者后悔。"在创作用韵问题上，她秉持的态度是："不薄旧韵倡新韵"。所以，她的作品中有的采用平水韵，有的采用词林正韵，也有的采用新声韵。然而，不论采用那种韵，都是严格按要求进行创作。她的作品情真、语顺、境美、味浓、格高、意深。每首诗都是一段故事，我不点评，是因为我功力太浅，不敢造次。但是，我真心希望能有缘于秋枫老师的读者，会从这些作品中领略她的风采，悟出她的心胸，体会她的感情，知晓她的为人处世，赞美她的品德！

是为序

赵林英

2019 年 6 月于中华《诗词月刊》编辑部

简介：赵林英女 70 年代末出生，东北师范大学毕业，现任中华《诗词月刊》杂志主编，中华诗词学会会员、营口西市区政协委员，营口市青年诗词协会副会长；系《中华实用诗韵》《中华词律辞典》两书的版式设计及录入排版执行者，编委。作品多次在海内外诗词大赛中荣获奖。

2015 年获得营口十佳青年诗人称号，中华诗词学会"谭克平杯"大奖。撰写的《梅花香自苦寒来》一文，发表在《中央党校·理论前沿》杂志上。

诗词作品曾发表于《中华诗词》、《中国诗词选刊》、中华《诗词月刊》等各地诗词刊物。是中华《诗词月刊》的创始人之一。

目　　录

秋枫诗词

律诗部分

词部分

秋枫诗词

早春柳蘑

老柳虬根四月缘，倾情敢领菌中先。
羸躯未负平生愿，破土终钻一把天。

2002 年 4 月

题牡丹

阆苑奇葩圣手栽，玉颜终是霸王才。
瑶宫昨夜失真品，谁窃仙姿此处来。

2001 年 3 月

菏泽观牡丹（六首）

（一）

信是瑶台孕玉胎，弥天香气骨中来。
仙姿偏爱人间好，一夜飘然菏泽开。

（二）

枝头争绽报春光，谱入芳名始放狂。
岂止虚荣人事有，修成花卉也称王。

（三）

锦簇花团照眼开，缤纷五色出琼台。
群芳谱里真佳品，不愧清魂国士才。

（四）

灵姿窈窕上林胎，别圃移来玉手栽。
不是虚荣夸国色，清高尤避蝶蜂来。

（五）

傲骨铮铮自主张，天生身价是花王。
背躬未必皆诚意，何计谗言弄短长。

（六）

菏泽今来愿已尝，群芳谱里拜花王。
奚囊检点倾城意，襟袖盛回百代香。

2001 年 3 月

顺义梨园外樱花

夹路樱花雪里红，春调彩墨酿情浓。
停车急向林中过，香透青衫两袖风。

2006 年 4 月

黄山大夫松

虬枝铁干画难工，岱岭曾经皇帝封。
未惧霜刀留碧色，炎凉不改是初衷。

2001 年 4 月

题寸方玉石（新韵）

蕴育深山亿万年，精灵碧透炼奇观。
时人许是怜仙体，袖底私藏未补天。

2002 年 3 月

吉林省镇赉莫莫格鹤园观鹤

丹顶鹤

操雅情真伴寿翁，仙姿楚楚舞青松。
倩谁垂爱挥朱笔，额顶先涂一点红。

咏鹤（四首）

（一）

一世忠贞留美名，双双相伴到终生。
春秋往复携家眷，拨雾排云玉羽轻。

（二）

一从湿地印行踪，多少游人向往中。
为睹仙姿酬雅愿，纷纷捷足驭轻风。

（三）

鹤影松风塑笃情，寿翁膝下护长生。
殷勤灵动翩翩舞，南极修成仙骨轻。

（四）

季转春秋大字排，晴空嘹唳放高怀。
情钟福地家园美，络绎相偕到镇赉。

2013 年 7 月

【注】

① 据说鹤一生只找一个伴侣，若失去一只，另一只将终老独身。

② 赉、地名读平声，吉林省镇赉县（lái）

题银川沙湖沙雕

茫茫大漠演时空，栩栩形神现旧容。
妙手雕成新境界，纵然沙器也威风。

2007 年 8 月

应吉林省书画院之邀题君子兰（三首）

（一）

几度高标大雅声，谁移阆苑到春城。
仙姿骏骨真君子，谱入芳名孰可争。

（二）

剪取瑶台一段霞，马良神笔未堪夸。
中分两翼传清韵，沾溉春城誉市花。

（三）

得育灵根九畹田，风流一梦到窗前。
馨香泽被长春市，无愧芳名君子兰。

2006 年 6 月

昌黎葡萄沟葡萄树王

阆苑移来植碣阳，百年风雨铸辉煌。
凡心不慕名和利，无奈人称也是王。

2006 年 9 月

五大连池火山杨（二首）

（一）

风吹还是鸟衔来，落户熔岩实壮哉。
不屈虬枝尤向上，奈无天悯也成柴。

（二）

虬枝劲骨向朝阳，百载风云励志刚。
敢做龙岩背上客，拓荒勇士火山杨。

2011 年 6 月 12 日

东海行（六首）

题钓鳌亭

寂寞亭台雅韵召，溯源海上礼东皋。
同来侪辈非同路，人钓鱼虾我钓鳌。

题岩石青稞

风欺雪虐叶犹青，咬定悬崖意更恒。
天不惜君君自惜，悠悠千载话峥嵘。

题金蟾眺海

观天坐井志难酬，跃出其中即自由。
独卧岩巅舒望眼，心同潮水共千秋。

卧鼠礁

设巧占先十二宵，钻营仓廪结亲猫。
近来大陆杀声紧，一洞风闻卧海礁。

2004 年 11 月

题小南海卧牛背

瑶池祖母绿倾城，影动星摇百媚生。
牛卧眸回频眺月，神奇参透赖真情。

题小南海纱帽岛

问君底事未从容，名利萦怀固步封。
安得三生都悟彻，掷开纱帽享轻松。

青天行吟（五首）

青田石

日月精魂大地怀，天心璞玉孕成胎。
公推国石青田出，款款娇姿无价材。

太鹤山试剑石

一分为四倩谁功，风雨千秋未动容。
笃意相期真剑客，吹毛断水试青锋。

太鹤山公鸡岩

御笔曾教唱白天，版图神圣态依然。
民康国富清平日，修炼栖身隐此山。

晋 樟

凭谁度化数千年，历雨经风不改颜。
多少人间真夙愿，纷纷述与老神仙。

丽水香菇

吴公清远得垂青，辨识仙姿誉大名。
除瘼强身兼美味，如今惠世近千龄。

偕张栋、潘慎、梦璞等松花湖上泛舟（二首）

（一）

江天寥廓晏吟俦，恰放银河浪里舟。
终是青山拦不住，友情诗思共长流。

（二）

三泛松花湖里舟，情怀依旧在心头。
人非物是天难老，青黛如山水似绸。

2003 年 10 月

游九女仙湖有怀

九女仙台九女无，空余琼阁向天孤。
老君犹念殷殷意，故遣青峰倒映湖。

2004 年 9 月

张家界御笔峰抒怀（四首）

（一）

深山藏久费疑猜，朱墨重研次第裁。
到此商量借御笔，贪官判上断头台。

（二）

谁藏御笔到琼台，秃管民间乱剪裁。
信手涂来终画得，圈中几个是贤才。

（三）

修炼深山不妄裁，寒门诸子叩应开。
祈能法眼生朱笔，好点当今国士才。

（四）

寂寞仙山今始开，欣尝夙愿喜登台。
三分得借元龙胆，造就中华咏絮才。

2006 年 5 月

应邀访盖州仙人岛

一洗凡尘净俗身，仙人岛上种诗魂。
他年众口争传诵，定是今朝我与君。

2003 年 7 月

辽阳太子河

荆轲传史刺秦王，燕国当年起祸殃。
衍水多情容太子，清名惠世泽辽阳。

2012 年 6 月

小游朱家角（四首）

（一）

古榭悠然橹后排，穿空雨线伞花开。
周庄水韵谁裁剪，补到朱家角上来。

（二）

弯弯一架小桥横，石壁青枝悬挂生。
点点花开红似火，人前佐证是风情。

（三）

隔岸聊天意纵横，无需提嗓放高声。
夜来星月如相照，水下楼台七夕情。

（四）

两岸商家次第排，南腔北调八方来。
一溪活水勤滋润，富路还凭众手开。

2009 年 6 月 10 日

诗说吊水壶

天遣白龙镇碧湖，源流东海酿屠苏。
一从黑蟒石压后，此地人称吊水壶。

【注】

位于长春市双阳区大砬子山脚下的吊水壶风景区，原名叫白龙湖。相传，白龙湖由东海龙王的孙子小白龙看管。一方百姓年年风调雨顺，平安幸福。直到有一天出了个黑蟒精祸害百姓，观音菩萨奉旨前来以巨石压住黑蟒断了白龙湖的水。从此，人们把这里形象地称为“吊水壶”。

蛇仙的传说

几世修成火色衣，人前出入显风仪。
民间得以长相佑，神秀钟灵百代栖。

【注】

在吊水壶北部有个小村子叫新立屯。相传，这里原来叫蛇仙屯。屯中有个蛇仙洞，洞中有一条火红色的蛇仙，神通广大，专为当地百姓解除病痛和困苦，蛇仙有求必应，声誉渐高，备受百姓爱戴。

天井的传说

仙家故事广流传，水底龙宫也欠安。
倘若诸神皆伺守，何来邪正说千年。

【注】

在双阳的大砬子山主峰处有一石窟，深18米，石厅宽敞，沿厅向内，有无数岩洞。时而曲径通幽，时而柳暗花明，置身洞中，大有隔世之感。当地人称之为天井。

生命之源

天心降玉峰，感物嗣传宗。
乳韵知羞涩，深藏在洞中。

万年冰瀑

雪酿精神玉酿魂，轮回四季未曾分。
霞披一展三原色，入眼愚开本是真。

冰钟乳

晶体莹莹圣手栽，通凝乳晕倩谁裁。
礼贤风骨堪垂首，柔弱修成绝世才。

少女起舞

问君底事到深山，一抖纱裙三亿年。
学艺仙闺今始见，美仑美奂舞翩翩。

冰乳情韵

一从盘古地天开，难舍亲情何必猜。
守望年年心未变，君来雅鉴泪盈腮。

定海神针

亿载修成灵巧身，天经地孕美无仑。
一从大圣归休后，赠与关东定海针。

擎天塔

身怀绝技隐深山，鬼斧神工数亿年。
日夜殷勤施妙手，雕成灵塔可擎天。

2008 年 8 月

【注】

生命之源、万年冰瀑、冰钟乳、少女起舞、冰乳情韵、定海神针、擎天塔等均为吊水壶风景区之景点。

宁夏爱伊河（四首）

（一）

出落寒门命自哀，人生苦乐怎安排。
为求真爱追伊去，化作清溪大漠开。

（二）

一自清溪大漠开，翩翩朝凤百禽来。
嘤鸣府地钟灵处，筑就银川聚宝台。

（三）

琼台筑就众仙来，明月清风圣手裁。
君问桃源何处有，爱伊河畔正花开。

（四）

满园花树倩谁栽，硕果盈枝眼界开。
知是爱伊滋润后，银川从此上高台。

2007 年 10 月

【注】

① 传说，一位美丽的贫家女子，为了爱情去追寻被迫害的未婚夫而死，身躯化作爱伊河。

② 爱伊河的开发，势如梧桐招凤，定为银川的发展起助推作用。

初游燕塞湖（四首）

（一）

衔送春风造化殊，马良犹逊此功夫。
旧时王谢堂前物，接翅翩翩塞满湖。

（二）

莹莹祖母绿无瑕，星月邀开水下花。
鲤跃鲢飞云影戏，清流泽惠万千家。

（三）

一鉴波开耀眼明，惠民政策碧流清。
今来我沐风光好，抖擞精神好畅行。

（四）

诗侣偕来踏小舟，犁波剪浪似裁绸。
凭谁巧手成佳制，玉品堪教万古留。

2010 年 8 月

波罗湖

倩谁大意久遗之，待解心头迷惑时。
鹤影松辽巡腹地，雄浑一展笸箩姿。

2004 年 7 月

【注】

吉林农安有波罗湖，原称笸箩泡子，形状如农家用的大笸箩。

过黔江隧道戏题

南游小记（2011 年 2 月 -3 月）之“过黔江小作”

自古诗人享大名，苏辛李杜奈谁争。
可怜输我三分福，未历风驰隧道行。

过阿蓬江游神龟峡（四首）

（一）

谁遣双龟对卧久，夹江绝壁龙蛇走。
野人洞外醉神奇，情注阿蓬浓似酒。

（二）

江上踏歌云抖擞，随行磅礴推波秀。
长天一线隐还通，汉土苗侪跳摆手。

（三）

一路寻来皆举首，版图惊现雄鸡瘦。
丹青谁泼见真纯，疑是马良重出手。

（四）

魂牵别梦上心头，玉液情滋水倒流。
待到黔江花更艳，相邀百侣再来游。

广东湛江陷湖戏题

地母怀胎亿万年，一朝分娩得平安。
天神点化开金眼，好辨红尘忠与奸。

湖光岩

看电光声演绎湖光岩形成有感

地火当年绘彩河，丹心未老化清波。
一从泽被斯方后，灵孕湛江才俊多。

湖光岩澄波

地孕灵波荡漾开，自身环保费疑猜。
年年败叶归何处，不见丝毫水上来。

处州三宝

心仪三宝处州行，龙剑青瓷雕石精。
信是通灵缘丽水，佳传妙艺万年名。

太鹤山混元峰

盘古开天造此峰，未曾度化立苍穹。
标新为鉴真元气，赫赫威生不老松。

游湘湖（二首）

（一）

相望江边姊妹湖，钱塘两岸耀明珠。
西湖俊美湘湖秀，阆苑仙池也不如。

（二）

游人十里悦湘湖，秋色灵光两岸殊。
果是萧然山下景，风情媲美上河图。

2008 年 11 月

初识云和

五小五还大，蓝图谁笔下。
云和泽圣时，山水皆童话。

山水之舟

一饱诗囊浪漫游，云和大美望中收。
更添意外口头福，掬此珍馐山水舟。

【注】

仙宫湖水上餐馆名“山水之舟”我们用餐处。

游仙宫湖（二首）

（一）

空蒙谁造碧池中，往复灵槎泛晓风。
疑似丹青开巨幅，原来身已到仙宫。

（二）

两岸青峰水下栽，白云倾慕总徘徊。
锦鳞戏耍波光里，酿就诗情注满怀。

问　寺

重重翠掩翘檐斜，梵乐悠扬未肯歇。
弃艇循声临境界，一庭佛道说和谐。

【注】

唯有此处佛道同居一处。

云和七星墩梯田（四首）

（一）

矿开墩里觅生存，千载繁生缩影真。
一寸梯田十寸血，垦荒果腹识先民。

（二）

山水天堂物化新，殷勤养育一方人。
白银地腹掏多少，表象长留鉴古今。

（三）

水走云流顺势开，蜿蜒上下景观台。
层随季转排新境，多少丹青妙手裁。

（四）

仙风道骨老尼身，未改苍颜处女真。
但愿枝头新绿后，梯田彩焕塑精神。

千峡湖

人工水库起滩坑，横跨青田与景宁。
卓识诚招天下客，韵开千峡始留名。

初识千峡湖

水转山回绕峡湾，几千岬港护蜿蜒。
波光彩幻瑶池景，恰似蛟龙舞浙南。

电站大坝

两岸青峰龙卧滩，缠绵悱恻势回环。
平湖高坝生财富，山水天堂蓄电源。

水下当年刘基求学石径

长留遐想入迢遥，秀水灵山润锦袍。
石路敲成博学者，贤良国士助明朝。

狼毫峰笔架峰

当年一掷笑声宏，笔具长留化巨峰。
泽被英贤昭故里，华章美韵九州名。

郎回峡

千沟万壑造雄关，峡口郎回趣事传。
太守当年从此过，对诗奇遇俩神仙。

欧陆风情园

千峡环湖卧巨龙，倾时百业破尘封。
景区谱入名中外，浪漫情开异国风。

题儿子儿媳南方雨中小照

小伞撑开一处天，恩承滋润意绵绵。
摄来美景留人看，好个猪羊斗笠倌。

【注】

他俩一个属猪，一个属羊，南方一行活像个小羊倌了!!

题儿子儿媳婚纱照

笑口常开浪漫姿，相依相敬两情痴。
一条红线同心结，胜似鸳鸯浴爱池。

2009 年 8 月

答丁芒老

自起斋名号苦丁，几从坎坷认长青。
果然耄耋胜年少，不愧南天文曲星。

2004 年 4 月 12 日

听冯老其庸前辈讲身世有作（四首）

（一）

门里添丁喜亦愁，寒塘偏放圣贤舟。
诗书半解饥肠渴，斋号铭心瓜饭楼。

（二）

培桃育李执吟鞭，人大琼台薪火传。
情化春蚕丝不尽，丹心织就彩霞天。

（三）

饮露餐风过午时，红楼扛鼎赖真知。
清风两袖人堪仰，典著千秋一部词。

（四）

江南秀木倩谁栽，叶茂枝繁玉蕊开。
拔萃森森材质好，非凡果是栋梁材。

2007 年 8 月

【注】

冯老曾执教于中国人民大学。

冯老为“中国红学会会长”，出版了《红楼梦大辞典》一书。

谢秦中吟老诚邀并同湖泛舟

宋月秦风阅海留，人间岁岁庆中秋。
如斯美景吟怀壮，共泛诗坛不老舟。

2007 年 10 月

【注】

阅海在宁夏银川。

赠云霞及夏风众吟姊

银川才女笔生花，数载研诗成大家。
天府今来亲感受，真情如火酿云霞。

题占国兄南方竹林小照

春生高节鸟鸣茵，绿到天南眼界新，
喜有虚怀堪仲伯，人同翠竹共精神。

《咏竹》赠郭书记

山是精神海是情，虚怀劲节骨铮铮。
风霜无奈板桥志，一路攀升四季青。

【注】

中华《诗词月刊》应山海关邀请，于 2010 年 6 月组织召开了诗词创作联谊会，会后作品出集《山海吟风》。盖州诗友为区委书记郭爱民作青竹画一幅，嘱我题诗。

再读《临清集》赠吴公文昌（四首）

（一）

人品洁高诗品淳，天生丽质富清吟。
一从腹满经纶后，李杜苏辛结近邻。

（二）

柔毫潇洒写真情，余事频敲唐宋声。
非是垂钩钓誉者，忧怀一鉴赋临清。

（三）

雪泥鸿爪印痕真，嘹唳长天大雅音。
侧耳声声传妙韵，入心入肺振精神。

（四）

本色天成玉有光，临清一卷铸辉煌。
吟坛折射和谐景，国运昌时文运昌。

依吴公文昌《谢韩长赋省长签名赠书》韵并赠（二首）

（一）

寒门骄子赴春城，著述深研求业精。
但使高风频化雨，忧怀长系庶民情。

（二）

春到寒门惠好风，情滋笔墨著三农。
民心成就丰碑后，千古评章不朽功。

原韵奉答刘章老

惯于霜后看枫红，不信污尘总是封。
豪迈胸中凝傲骨，力追前辈效英雄。

诗赠吴老卓璧先生（四首）

吴老卓璧先生是广东湛江工作站第一任站长，2011年2月21-23日，中华《诗词月刊》召集各地工作站长在上海开会，因吴老年高未能与会，会后我专程赴广东湛江探视，火车上成小诗：

（一）

唐风宋雨几经春，百卉园中辛苦人。
管护殷勤亲历后，添芳又见数枝新。

（二）

当年立马戍边人，笔墨耕耘天地新。
耄耋倾心弘国粹，著花老树更精神。

（三）

赶月追风步未停，扶轮策杖韵新生。
冲开路上重重阻，直向诗峰高处行。

（四）

穿越迢迢过湛江，身同铁骑共飞扬。
风光一路无心赏，企拜尊颜夙愿尝。

龚葆华杏花中小照

烟迷柳色燕迷春，花海滔滔已醉人。
更有一枝芳出众，垂青香雪女儿身。

读《谷岩泉诗稿》赠作者郭彦全（六首）

忆　旧

慈心膝上度童蒙，启智乡瑶垅亩耕。
三载田园多少趣，依稀尽化忆中情。

上大学

复入黉门放眼观，文明华夏史斑斓。
勤磨三载承佳砚，彩笔欣然续锦篇。

听国歌

铿锵一曲日同升，唤起蛟龙驭好风。
播洒九州声入耳，血润情怀总沸腾。

入 仕

时风吹送莅瑶台，出落芬芳异卉开。
桂影移来长是伴，冰心一片避俗埃。

河山揽胜

文明华夏世称雄，生意欣欣惠好风。
君问我来何壮阔，河山万里在心中。

书海遨游

名著诗文启性灵，鲜活人物演平生。
古今世事皆如此，荣辱加身不必惊。

读林炎志《没有个人功利的追求》有赠（三首）

（一）

生未逢时动荡年，超群聪慧览华篇。
天灾过后人心累，检验斜阳不得闲。

（二）

桂子兰花各不同，春秋馥郁酿香浓。
孰优孰劣凭欣赏，身价高低看世风。

（三）

麻纱锦缎总凭裁，难得人生海样怀。
忘我君能真忘我，小鞋穿大即英才。

原韵奉答齐周梦先生《海上别秋枫》（五首）

（一）

泛舟韵海喜逢君，论古谈今耳目新。
斩浪劈波同勠力，归来收获是诗魂。

（二）

诤友相偕夜入城，如流岁月荡潮声。
新开曙色清晨雾，一展心头万里明。

（三）

钟情食府在心都，细品佳肴美胜鲈。
我敢人前夸富贵，高低环壁架中书。

（四）

人生不意已临秋，多少时光付水流。
检点诗情重放胆，唐风宋雨韵悠悠。

（五）

南来未计夜兼程，感动真诚一片情。
此后尘缘何所欲，如金友谊慰余生。

2011 年 6 月 14 日于五大连池轩煌宾馆

赠五台山银海山庄

灵光福地蕴琼台，古殿千年法眼开。
银海扬帆真舵手，弄潮尽是钓鳌才。

读《清秋诗韵续集》赠作者王远扬

二度南来锦绣章，捧吟始觉齿留香。
几多笔墨和心血，雅韵清秋正远扬。

读钱公世明惠赐《燕山述情集》有作

清香一缕自京都，醇胜陈年惠我庐。
风骨铿锵堪砺笔，丰功信有后人书。

诗答家乡诗友

芳讯报风流，春林玉蕾稠。
已开三五朵，转眼满枝头。

赠中国木制玩具城、浙江优秀企业家何尚清

青出于蓝和信生，文明企业远驰名。
诗书合璧天然美，打造云和玩具城。

【注】

业精三代有知音，玩具尤开发，声声唤我返童心。

原韵奉和何尚青诗友“喜会中华《诗词月刊》众诗友”

诗情传递古还今，李杜苏辛惠晚霖。
和信琴音平仄谱，终成天籁绕梁吟。

梦谒杜甫墓（二首）

（一）

久已胸中藏少陵，诗缘风骨共嘤鸣。
先生输我三分幸，两代诗心一样情。

（二）

鸿才千载史垂青，泽被吟坛实有灵。
华夏文明薪火盛，情怀民瘼付诗声。

东源周恩来题词纪念碑（二首）

（一）

高瞻救国破愚樊，兴办黉堂起寿萱。
大义尤催情与血，豪书希望立东源。

（二）

仁人肝胆荐轩辕，国富民强开纪元。
字鉴当年公智勇，我来碑下拜三番。

题大青沟菊丽玛塑像（四首）

（一）

天生玉魄为民谋，执剑芳龄壮志酬。
一自除魔喋血后，娇躯化作大青沟。

（二）

英魂常在世间留，水秀山灵大漠秋。
太古遗音禽百种，连坨叠翠韵悠悠。

（三）

碧血成泉汩汩流，情滋魂佑未曾休。
民心碑竖声名远，倍引来人到此游。

（四）

难能此地绿荫稠，雨雪阴晴百代讴。
日月精雕科尔沁，女神风骨壮千秋。

【注】
据传大青沟是菊丽玛女神喋血后身躯所化而成。

湖光岩李纲题字处

贬黜天涯谁主张，名留贤相胜君王。
湖光岩写千秋后，三字昭彰颂李纲。

浙江青田行吟石门洞说刘基

神功洞府为君开，梦里天书未许猜。
大略安邦谁仲伯，千秋传颂卧龙才。

2009 年 10 月 12 日

越王城山下点将台

曾经谁是主人公，展示台中大将风。
点起雄兵千百万，越王山下有遗踪。

越王城山谒越王祠

仰慕精神励自强，卧薪藏胆史留芳。
当年智勇寻何处，勾践祠前怜越王。

【注】

我们千里迢迢，慕名来拜越王勾践，而越王祠已被践踏成破落餐厅，到处垃圾，脏乱不堪。

萧山跨湖桥遗址博物馆

慧眼凭谁启聚焦，萧山文博跨湖桥。
三番发掘追遗迹，推向史前人事遥。

独木舟

时光曾历八千年，独木成舟记史篇。
残片支离求物证，精研考古说先贤。

登鹳雀楼（二首）

（一）

又见名楼绕彩云，久钦佳作到如今。
欣然践约朝灵地，洗耳吟坛听好音。

(二)

河东鹳雀起新楼，络绎文人寄乐忧。
千古传承耽教化，清音不废任诗留。

雨中楼上眺望五老峰

天水朦胧一望迷，登楼索句觅诗题。
白云误领搜寻意，萦绕峰前不忍离。

张家界钻头岩

绝胜金钢锻造先，世惊圣手铸奇观。
曙光得泽张家界，钻透阴霾始见天。

张家界老人峰

千秋不悔伴英雄，十里画廊仙境中。
甘愿捐躯为救主，忠心化作老人峰。

张家界高峰观鹰

羽化飞腾入九天，搜奇步秀莅峰巅。
纵然身在云层里，头上苍鹰依旧旋。

张家界摘星台戏题

神籁无须侧耳听，张家界顶近天庭。
恐人讹我恋同性，不会嫦娥只摘星。

张家界将军岩

马上刀前数十秋，土家有福造王候。
一从喋血神堂后，天遣将军岩久留。

张家界龟精探海

敢盗天书技欠长，精灵自诩枉夸张。
年年落得空探海，辜负人间梦一场。

张家界青蛇宝剑

仙师着意点迷津，取义捐躯壮士心。
宝剑青蛇缘出洞，古传佳话到如今。

张家界宝马配良才

危难自古盼良才，纨绔油头枉搭台。
战马皆由烈马出，事同世理不容猜。

感拜冼夫人墓（二首）

（一）

佳配良缘史记真，沙场未计女儿身。
威名煊赫昭千古，巾帼堪称第一人。

（二）

来拜南天诚意真，相形自愧女儿身。
唯期砥砺生花笔，撰取佳传励后人。

宁夏玉皇阁

玉皇存大阁，鉴证古今情。
钟鼓依然在，非为更漏鸣。

过西夏王陵

鼎足相持宋与辽，亦联亦抗略谋高。
风云几度沧桑改，已使陵园王气凋。

水洞沟明长城遗址

东北风来大漠秋，残垣如立诉从头。
几多征战留遗迹，鉴证沧桑水洞沟。

辽阳汉魏墓壁画

古墓丹青妙手传，斑斓壁画鉴华笺。
先于三百敦煌史，汉魏风情一列观。

陈氏三状元雕像

庄严文雅冠群才，三子陈门次第开。
入仕为官真造福，民间千载颂无衰。

【注】

北宋年间，陈氏一门三兄弟才冠群雄，长兄陈饶叟官至右仆射；二弟陈饶佐拜同中门下平章事；三弟陈饶咨入翰林为学士。

题禹迹山大佛

唐末风追禹迹山，神功度化现奇观。
仙躯六丈通灵性，护佑生民世代安。

今日升钟湖（二首）

（一）

一泓碧水润峰青，天赐长升不降钟。
游览休闲绝胜地，匠心辟就钓鱼城。

（二）

史迹人文生态新，八方钓手竞垂纶。
几多佳话传遐迩，梦里桃园实幻真。

编撰《神奇卧龙湾》诗说神话

龙王庙

营埠谁开未计年，龙王长佑护平安。
往来商旅知恩重，典庙嘉铭世代传。

赴宁夏飞机上作

缩地功成指顾游，白云作伴过神州。
苍鹰妒我双飞翼，我在苍鹰更上头。

2007 年 8 月

审稿达旦有怀（二首）

（一）

平仄频敲似鼓筝，绕梁余韵品新声。
花间陶醉兼豪放，不觉星沉日又升。

（二）

香汗淋漓小扇轻，案头走笔慎淘精。
滤来三五含金者，不悔痴熬过五更。

无　题

琴台曾奏演晨昏，袅袅余音绕上林。
充耳喜闻流水曲，天生我是性情人。

游松花湖（四首）

长脖岗上观雨（新声韵）

长脖岗上访渔家，袅袅仙云湖里发。
极目高风何大器，珍珠万斗落松花。

湖畔观云生电闪

隔帘山雨看朦胧，银线丝丝织巧工。
远岫盈盈仙雾绕，金鞭一策半天红。

雨后湖上轻舟

新开一鉴不胜收，疑是仙姑量彩绸。
为制霓裳凭巧手，裁波剪浪借轻舟。

晨起观泉水

唯诗有道品惟仁，法眼神灵泽佑深。
一夜倾盆涤腐气，心同泉水共清醇。

午夜无题（四首）

（一）

一阵寒风彻骨摧，望中紫燕去难追。
而今省得空巢梦，珠泪闲抛更向谁。

（二）

满园花草各争先，忽卷乱云春倒寒。
夜雨摧残枝上蕊，复苏心绿待何年。

（三）

枕冷衾寒旧梦留，几多往事上心头。
千般美景千般意，枉泛殷殷浪漫舟。

（四）

忽来短信惹情愁，搅起心波暗自流。
叩问今生路几许，何从何去费绸缪。

无　题（四首）

（一）

文明自古俸双亲，人道何须法律寻。
贫病高堂君不问，枉于祖上做儿孙。

（二）

日月宏开博爱深，传承子嗣育亲身。
赵钱孙李终难灭，不敬椿萱枉为人。

（三）

轮回天理不须猜，月老何劳往复来。
大道莫言君至晚，佳时自会得英才。

（四）

足立峰头信不孤，拨云终得见宏图。
茫茫入眼星无数，擢个金光做丈夫。

赴山海关途中遇雨（四首）

（一）

难得人生尚未秋，驱车千里晤朋俦。
老天也被真情感，一路相陪喜泪流。

（二）

山海风光记胜游，吟朋软语绕心头。
今朝执手重相聚，诗酒同杯韵久留。

（三）

文化相交百益收，情钟山海梦中悠。
声声召唤闻于耳，诗思奔流涌不休。

（四）

快意人生几度秋，梦萦山海久勾留。
杯前放浪堪同慰，一解相思心上愁。

2010 年 6 月

戏题采莲大赛

偕来千里拜诗俦，万亩荷塘次第游。
我若迟生四十载，定然夺锦采莲舟。

吉林通榆杏花林中抒怀（八首）

（一）

天际绽芳菲，春风呼唤回。
八方游客至，襟袖带香归。

（二）

纯真天性避鏖尘，耐得千秋寂寞贫。
美在深闺人识少，堪怜莫过处儿身。

（三）

谁引灵根到碱川，冲寒独上报春先。
柳梢才染鹅黄色，已把红霞舞满天。

（四）

沙碱荒中别有天，自强自立美如仙。
胭脂着色春风许，一抹丹青醉里看。

（五）

瑶台一夜骋青眸，香雪菲菲陌上幽。
忍植风华身后事，先将心愿著枝头。

（六）

梅蕊仙姿带露浓，枝头摇曳杏花风。
菲菲香雪弥天际，谁剪桃源易此中。

（七）

亲临万亩杏花林，千载沧桑不朽身。
固锁风沙成胜景，平衡生态卧虬根。

（八）

望中紫玉望中迷，香雾盈盈透客衣。
知是上林春正好，催开仙蕊甲通榆。

赴东海船上远眺

嵊泗初来东海秋，痴情执意立船头。
波光诗胆随风抖，广袖长舒一剪绸。

赶 海

礁岛秋来牡蛎肥，相携吟友趁霞晖。
穷追浪退何辞晚，趣满兜囊不忍归。

泗礁岛峰头眺列岛

东海谁开一局棋，长罗列岛弈中姿。
穿行更有车和砲，国手千秋决胜时。

重访皇城相府午亭山村前伫立有感（二首）

（一）

旧院时迁四百春，皇城崛起更精神。
尤欣乔木荫浓处，又见枝头玉蕾新。

（二）

重来亭下半经年，底事萦心总挂牵。
恨不早生四百载，无须携卷觅时贤。

【注】

2005 年 8 月，余应邀参加在山西阳城召开的《陈廷敬诗学研讨会》，有幸过访皇城相府，拜谒午亭山村。重访于 2006 年 2 月下旬，并带来了由我主持编撰的《中华实用诗韵》和《中华词律辞典》两部专业工具书。

癸未中秋对月（二首）

（一）

泽古辉今颐性真，逡巡大化镀金身，
不趋时利分贫富，塞北江南共玉轮。

（二）

冰魂独荐走高天，笔底吟情缕缕牵。
幸劳三百年间砺，珠轮总比客心圆。

乙酉望夜陪京战、淑平、星汉登山西阳城文峰塔观月

京都塞北共天山，携手文峰塔上观。
相府良霄今古月，清晖初始照人圆。

无题（二首）

（一）

偷闲独自上诗山，荆刺深深石径弯。
君问此行何所获，光阴拾取做珠穿。

（二）

身世平凡运不凡，胸怀浩浩泛龙船。
参差入眼寻常看，悟透无求才是仙。

应邀参加山西田园诗颁奖会（二首）

（一）

清风吹送到山西，诗雨欣滋恰入时。
情系八方同植树，田园今喜果盈枝。

（二）

师宗王孟古今传，雅辑田园三百篇。
借得河东风月好，吟旌猎猎壮诗坛。

吟情难泯（四首）

（一）

手中刀尺未停裁，明月清风顾我来。
老院杂音何成扰，今生难改是吟怀。

（二）

漫步诗林启藻思，清纯不减少年时。
春风有意勤襄助，玉蕾倾时著满枝。

（三）

几多汗水育葱茏，四面葵心向日红。
季转频经风雨后，坛中始看绿荫浓。

（四）

京都北苑应时通，高竖吟旌猎猎风。
掸净心尘联四海，归来不是旧时容。

【注】

时编辑部在北京通州。

读武正国君《唐宋诗人词家漫咏一百首》有寄（四首）

（一）

倩谁妙手著高台，先哲相邀络绎来。
诗酒春风裁雅意，今人更胜古人才。

（二）

信步闲庭唐宋游，生花妙笔结同俦。
百家仙聚龙城地，接续诗泉万古流。

（三）

圃内寻芳慧眼生，一枝一叶看分明。
每从特色知颜色，竹菊梅兰各得名。

（四）

吟苑徜徉时序更，承唐继宋悦峥嵘。
大名终籁诗名得，一份收成一份耕。

2006 年 9 月 17 日

黑龙江诗画研讨会有作

龙江自古育精英，国粹时潮一脉情。
画苑诗坛人济济，清音入耳是天声。

读《古人咏郴州》题句（十二首）

（一）

续庚诗史咏郴州，传统铿锵韵律留。
国运兴时文运好，珠玑耀眼卷中收。

（二）

地灵耒耜现嘉禾，始祖人文留迹多。
岸涧神农传故事，自今炎帝享吟哦。

（三）

古时流放贬贤良，义帝当年落此方。
更有文才多少客，长留笔墨著辉煌。

（四）

身居四塞名山国，独有风神格调传。
吾道濂溪同一脉，湖湘文化大摇篮。

（五）

骑田岭北索千年，探险攻防戍守安。
自古兵家征战地，史书典籍录真全。

（六）

气专多艺属魁奇，造纸蔡伦居所依。
进士孟公宣代表，而今毓秀尚风仪。

（七）

苍桂湘南总是春，青山绿水伴诗人。
今来古往何曾改，林粉胭脂入眼真。

（八）

宝藏地下数千年，史记珍稀金属全。
冶炼当时称鼎盛，一方泽被铸官钱。

（九）

楚谣每每对清樽，濮上桑间巫舞频。
伴嫁花筵传俗史，鹧鸪声里汉瑶音。

（十）

郴州爽气古来风，桔井清灵文脉丰。
妙笔千秋传盛史，更钦诗圣有遗踪。

（十一）

一部煌煌诗史成，披寒历暑未曾停。
几多妙手开佳绩，邀至先贤唱和声。

（十二）

郴州俊茂育精英，昭示文人助国兴。
四海同俦襄盛举，翩翩百羽唱嘤鸣。

【注】

2010年9月，应郴州工作站站长雷柏寿老先生雅邀，为《今人咏郴州》题句。有幸拜读由李雅先生主编的《今人咏郴州》巨篇，深为郴州之人杰地灵所感，未计拙笔之浅陋，成绝句一组，聊以续貂。

黔江小南海的传说（四首）

（一）

建祠惊忧小龙来，主雅诚邀莅祖台。
纵使其身罪不赦，全村罹难费疑猜。

（二）

冲动当时可有情，围山成堰做龙庭。
蓬莱偷剪移南海，演绎凄凉水下城。

（三）

自新悔过亦难能，大爱当施护众生。
果是真情师造化，甘泉赐福小蓬瀛。

（四）

人间祥物破尘封，补过殷勤亦大功。
泽佑黔江灵秀地，倾时发展乘东风。

读《历代诗今译》

手中妙笔结诗俦，历代精华一卷收。
珠玉玲珑应有价，君心无限世间留。

参加陈廷敬诗学研讨会有作

春风满座尽名家，惠我芳馨著小枒。
得此天时酥雨后，枝头红紫绽奇葩。

贺《胜春集》付梓

灿烂丹霞入眼真，桑榆未晚更精神。
黉门重辟新征路，旖旎秋光胜似春。

贺《丰川诗词》创刊五周年（四首）

（一）

阴晴风雨五经春，喜见梅生一树新。
玉蕾芳苞凝雅韵，丰川卷展见精神。

（二）

五年风雨岂寻常，集卷丰川锦绣章，
不是方家出妙手，何来廿册载辉煌。

（三）

丰川诗友性情真，联谊八方观念新。
砥砺青蓝同选取，吟坛携手共缤纷。

（四）

丰川吟帜树高标，诗海扬帆敢弄潮。
搏浪堪凭好舵手，舟飞稳健看妖娆。

2010 年 10 月

怀念父亲（二首）

（一）

算来归去已三冬，梦里依依泪眼红。
多少亲情多少爱，声容难舍又匆匆。

（二）

一抔黄土祭情真，养育之恩似海深。
回报无能常自恨，唯将挚爱奉慈亲。

2009 年 07 月 28 日

【注】

严父病重后接来我身边亲自照顾四年，一日三餐亲手喂食，擦拭身体，洗脚，洗脸……父亲常常用那半残之手抚摸我的头而泪流满面。父亲仙逝后，已难再尽孝，唯将一片孝心全部奉献给仍在世生活不能自理的高堂老母。

东方诗报创办十周年致贺

诗报东方雏凤声，十年数引众嘤鸣。
弘扬国粹开新页，不负吟坛有盛名。

哭兄长五首（五首）

（一）

永铭初度甲申年，噩耗椎心到耳边。
一母亲生今诀别，从兹兄妹隔重泉。

（二）

今朝永诀泪滂沱，忍对椿萱敢作讹。
笑脸强装悲不胜，吞声梦里唤哥哥。

（三）

古训奉亲知不知，高堂健在去应迟。
红尘撒手何言孝，眉寿光阴怎护持。

（四）

肝肠寸断自难持，泣血声声唤不知。
驾鹤西归心似铁，忍教白发送青丝。

（五）

难断阴阳手足情，太虚独往祷帆轻。
痴肠痛彻知何意，泪化长风助长兄。

2003 年

兄长三周年祭日作

家山三度又东风，风物人情两不同。
同是当年伐薪地，地生荒冢倍思兄。

2006 年

电唁吕公眉老

驾鹤游天去，从兹尊万古。
遥将泪两行，祭洒灵前土。

悼念江涛老社长（四首）

（一）

五月春城夜降寒，哀歌骤起裂云天。
悠悠化作安魂曲，万缕悲丝入管弦。

（二）

请缨报国别辽西，记者随军奋马蹄。
不负书生多意气，提将肝胆写雄词。

（三）

从政人歌两袖清，位高任重系民生。
涛声叠起松花浪，倾诉绵绵不了情。

（四）

塞外诗坛泽被深，谆谆教诲赋清音。
方兴大业公先逝，不息江流日夜心。

悼李老汝伦吟丈（叠韵四首）

（一）

黑水当年孕雅怀，大荒深处韵新开。
贫家厚德高天惠，冲出关东名大才。

(二)

一从文运启清怀，铁笔生花雅苑开。
紫玉箫音萦塞外，坛中同好爵英才。

(三)

曾经风雨寄吟怀，博得心花带笑开，
漫道羸躯无大用，偏成诗国栋梁材。

(四)

仰慕先生壮士怀，音容不老笑颜开。
丰碑高树吟坛上，鲁迅精神李杜才。

怀念王异老（五首）

(一)

京华初识百花楼，老凤新声共唱酬。
一首诗词情一片，吟缘广结遍神州。

（二）

回思乙亥过金秋，承德携登避暑楼。
同访燕山潭柘寺，佳篇健笔共风流。

（三）

诗才人品两称优，扶掖新生更上楼。
选集今留实无价，好传来者续千秋。

（四）

半生事业属风流，波泛吟身翰海舟。
此日先师归世后，解疑促膝梦中求。

（五）

西归驾鹤未回头，万里云霄乘兴游。
採得诗情发短信，人间天上共吟讴。

【注】

一九九五年秋与王老初识北京门头沟百花宾馆；一起游览北京潭柘寺、承德避暑山莊；王老为人亲和，对后辈多有扶掖；有《王异诗词选》留世。

哭曹老曾非先生（四首）

（一）

初晤春城历十秋，相交笔墨结诗俦。
心如泉水长流碧，似月清晖永世留。

（二）

知君病榻卧连年，几度垂询诗友间。
俗务缠身身未已，而今剩有憾如渊。

（三）

不期噩耗报君归，争奈风凋旧雨悲。
长者高怀人争仰，回思往事泪双垂。

（四）

龙蛇壁上墨痕新，常睹音容不老心。
祈愿西行多顺利，九天毫楮记精神。

接君莉挽诗因忆李老仲玉诗情人品有作（四首）

（一）

久仰清名说大才，诗情人品两无猜。
吟坛拓路擎旗手，引领澄霞一色开。

（二）

驾鹤西游不老魂，殷情信是念儿孙。
旋来夜静三更后，月影新移似叩门。

（三）

犹记当年去锦园，二三诗友闹书轩。
吟安一字何言苦，彻夜推敲未觉烦。

（四）

忆中云锦著花新，涣彩斑斓色逸神。
描凤雕龙看作手，澄霞更有后来人。

【注】

2001年参加红叶诗会，住在李老仲玉家，夜半敲诗，互相争论提意见，至天晓，无不欢快，转眼已成追忆。哀哉……。

二十四孝诗（二十六首）

序　论

华夏文明孝为先，传承子嗣数千年。
人伦教育夯基础，百业辉煌启后贤。

（一）

大孝人间感地天，知情鸟兽助耕田。
一从虞舜名留史，佳话千秋作美谈。

（二）

仁孝闻于天下名，三年侍母少眠庚。
熬汤尝药真情笃，之治兴邦昭世声。

（三）

母子心连出孝心，行为感应最传神。
人间孝道文明史，佳话曾参说到今。

（四）

当年负米为双亲，一片诚心情至深。
锦帐佳肴常念起，堪怜无力报慈恩。

（五）

人生风雨未辞难，充絮芦花总淡然。
大孝大仁推闵损，甘将困苦自身担。

（六）

真情何故险临身，求取乳浆藏鹿群。
孝感高天与猎户，得偿心愿奉双亲。

（七）

高堂在世报童心，七十佯装绕膝孙。
撒泼撒娇皆孝意，言行为取悦双亲。

（八）

卖身葬父记真纯，体恤民情天地恩。
上善精神垂史册，名成孝感自槐荫。

（九）

养育之恩未可忘，思亲日日奉周详。
情融木刻灵魂在，逐恶言行谱孝章。

（十）

方正贤良一世名，终身侍母做佣生。
孝行天下留仁爱，感化时人倡太平。

（十一）

孝亲陆绩六龄童，出语惊人坦荡胸。
大智催生博学者，天文历算易经通。

（十二）

孝心一片感天神，解难郭家赐巨金。
奉老还兼哺幼子，文明世代有传人。

（十三）

德才兼备赞黄香，经典博通年少郎。
扇枕温衾传孝道，为官清正世无双。

（十四）

桑椹分装见孝心，言行感动赤眉军。
人间自古崇良善，可见真情生暖春。

（十五）

即时纠错有姜诗，误解消除天地知。
跃鲤涌泉神助力，流传佳话颂贤妻。

（十六）

爱憎分明弃晋臣，闻雷哭墓为娘亲。
多能博学传薪火，触景情生鉴孝心。

（十七）

用心奉乳侍娘亲，大孝古来唯一人。
子嗣传承遵理训，亨通官运品留真。

（十八）

苦命王祥少爱怜，天生德品是良贤。
卧冰求鲤传仁孝，太尉民尊颂好官。

（十九）

吴猛八龄知孝心，赤身夏夜护严亲。
千秋传颂尊仁爱，德品情才终是金。

（二十）

遇险田间心不惊，少年救父感真诚。
亲情孝道千钧力，克虎至今留美名。

（二十一）

孟宗哭竹为慈亲，天帝尤怜尽孝人。
责令寒冬鲜笋出，司空得益孝精神。

（二十二）

父子情牵多感应，亲尝粪便察如何。
身难代死尤成恨，谱就人间孝道歌。

（二十三）

五十年间总挂牵，血书寻母地天怜。
辞官遍访神州里，终见慈亲绽笑颜。

（二十四）

名传千古到如今，知礼知书知孝亲。
一世唯仁诚可贵，位高涤器报慈恩。

结 论

呼唤回归道德时，文明仁爱美如诗。
而今卓识谁为首，倡孝当推格瑞斯。

【注】

余有幸受聘为浙江格瑞斯集团《孝韵》总顾问，应《孝韵》之邀，按《孝韵》报的排列顺序对古代二十四孝进行赋诗，并加了序论和结论各一首。

听罗辉会长《关于田园诗》的讲演（四首）

（一）

政坛初下上诗坛，信手拈来是自然。
小我溶于真大我，情滋妙笔著佳篇。

（二）

心言浩浩发真情，论述清明技艺精。
群怨兴观诚为本，田园诗感赋民声。

（三）

田园本色自然成，意象直言通景明。
情语兼融回有味，熟谙技巧刃游轻。

（四）

未弃三番叫卖声，声声都是为诗情。
弘扬传统开新径，竖起田园猎猎旌。

赴深圳飞机上作（二首）

（一）

登上南航体自舒，胸中正有大蓝图。
量天铁翼扶摇上，冲出阴霾是坦途。

（二）

银鹰举送踏青云，一路南航白日曛。
脚下川原呈锦绣，诗心催我正耕耘。

冒雪出行为浑南诗联协会“诗词创作基地”授牌仪式助兴有作（二首）

（一）

推门喜见玉晶莹，凛冽风如刀子生
为探浑南梅蕊是，何辞踽踽五更行

（二）

叮咚作响铁龙飞，似雾如纱左右围。
恰是朦胧苍昊里，行空天马往来归。

花绽枝头（四首）

（一）

袅袅炊烟晨雾中，如纱似幕抖轻风。
天孙妙手殷勤织，斑斓刹那满山峰。

（二）

冉冉金轮出正东，南园桃蕊绽新红。
知谁昨夜无休息，一抹鹅黄荡柳风。

（三）

谁泼林中彩墨奇，芳馨屡屡过南枝。
翻飞蝶翅难相及，正是菲菲香雪姿。

（四）

放眼沟坡阆苑间，遥遥谁酿雾如烟。
不劳风送香弥漫，过此除忧寿百年。

春花烂漫（二首）

（一）

燕剪丝绦着意量，传音仙女送春光。
盈眸果是花天地，昨夜途经顺手扬。

（二）

画境谁开不朽篇，重研新墨应时鲜。
殷勤最是天孙女，一夜缤纷织眼前。

挖野菜（三首）

（一）

谁赐青青野菜鲜，花黄味苦药中篇。
复苏万物方传令，嫩绿披身总领先。

（二）

荒年遍野觅君稀，贿赂春风催早姿。
不是珍馐多美味，和根带叶为充饥。

（三）

诗心不老未辞鞍，卸政还乡叩故园。
手上青青山野菜，寻回童趣似当年。

晾晒野菜（三首）

（一）

山野荆丛出北坡，几番邀请太阳婆。
真情感动诸神主，赐我佳肴美味多。

（二）

早起提篮入壑深，诗随青翠採来新。
金乌似解真情意，暴晒三天野味珍。

（三）

一日亲临翻晒勤，诗朋调侃记犹真。
肥猪肉炖干青菜，佐酒千杯醉了春。

红色茨岩塘（十二首）

（一）

桑植传神说贺龙，三民主义卷罡风。
一从旗帜人心竖，雨洗风磨不退红。

（二）

几经风雨大旗扬，奋勇争先除霸强。
开辟湘西根据地，丰碑高树茨岩塘。

（三）

湘西百姓最刚强，青壮扛枪打恶狼。
老少同心齐上阵，推翻旧制战旗扬。

（四）

苏区堡垒茨岩塘，战地医疗救护场。
百姓家中安病榻，精心调养胜儿郎。

（五）

传奇史迹茨岩塘，百姓支前造炮枪。
弹药源源输战地，除妖灭鬼助文常。

（六）

频经战火未迷航，民众生存是秘方。
除暴安良耽热血，一门忠勇日同光。

（七）

雄鸡一唱太阳升，红色谁张猎猎旌。
大路朝天党指引，人民从此得新生。

（八）

湘西佳木历寒霜，拼过严冬出太阳。
几缕春风凝翠绿，终教汗愿著芳香。

（九）

追循胜迹叩三湘，夙愿欣酬激热肠。
商户红旗门上挂，动情无止泪流长。

（十）

湘西五将玉魂标，亲拜三番九折腰。
诚祷先贤当笑慰，中华大业势鹏翱。

【注】

茨；两读音，方言有茨（刺）音 sì。

（十一）

从来霜雪化新阳，正义之师是栋梁。
我愿诗人多砺笔，生花放彩茨岩塘。

（十二）

中华旋起盛时风，党政民心日向荣。
旗染当年先烈血，千秋不退是鲜红。

来凤仙佛寺（二首）

（一）

西水河西仙佛寺，煌煌石刻建初唐。
几经风雨无原貌，为有禅魂日月光。

（二）

霞壁丹崖古寺开，潭清境雅鸟徘徊。
合居三教成风景，打造九区招凤来。

西水泛舟之传说（四首）（词林）

（一）

玉皇施爱鉴仁心，体恤凡尘洪难深。
诏令神仙查隐患，减灾除害救生民。

（二）

令来月夜走风烟，筑庙降妖转瞬间。
渎职徒儿贪睡懒，悔教遗憾说千年。

（三）

一唱金鸡报晓天，佳时贻误愧神仙。
抛鞋无奈急情处，泊浪长留化铁船。

（四）

除患安民本圣才，千秋传颂更无衰。
难能西水拼仙尺，一掷翩然卯洞开。

题问津长廊

圣手时来奉好春，雕檐联柱贵金银。
泛舟酉水成新景，拜谒长廊胜问津。

题铁船泊浪

传神史话赖弘扬，所向民心盼富强。
典化铁船唯泊浪，家康国泰万年长。

从湘西返回辽宁飞机上作（二首）（词林）

（一）

征途时有遇艰难，调得心平气自安。
雾霭拨开冲出后，头前依旧是晴天。

（二）

底事红尘风雨生，层层霾雾锁天晴。
追求无悔穿云上，果是霞光万里明。

张家界下榻专家村宾馆（四首）

（一）

滴翠流青画卷长，梦中醉赏意徜徉。
星光尚在朦胧里，婉转啁啾唤起床。

（二）

张眸残月正勾留，三五迂回雀噪楼。
彩羽殷勤催我动，几番遐想上心头。

（三）

无须缘浅硬强求，得是轻纱雾罩头。
待破晨曦霞一缕，风情万种翠华酬。

（四）

一道霞光破晓红，穿梭车旅正匆匆。
同行同止应同愿，乐赏山河沐好风。

太平山（二首）

（一）

松风阅世说当年，多少生灵岁月艰。
猖獗匪患寻出路，难攻易守太平山。

（二）

鉴证沧桑不老情，奇峰独秀看阴晴。
仙云弥漫知何意。护佑生民得太平。

松冈烟雨（二首）

——拜祭烈士陵园遇雨

（一）

不朽英风史迹留，龙山蓊郁鉴千秋。
青春血洒当年志，换取中华盛世讴。

（二）

感拜英魂壮志酬，青春热血写春秋。
苍天亦晓缅怀意，陪我潸潸清泪流。

茂名诗草宝光塔（二首）

（一）

孓立披风数百年，香云度化鉴河边。
阴晴雨雪消磨后，摇曳生姿著史篇。

（二）

云酿风雕五百春，沧桑洗炼见精神。
曾邀晓月描身世，韵典勾留传世真。

高州品荔枝戏题（六首）（词林）

（一）

玉润冰凝别样鲜，谁鞭快马说当年。
漫言妃子牵情甚，入口三天齿尚甘。

（二）

疑似瑶池凝玉柯，缤纷朱果舞婆娑。
人间美味呈初夏，百姓而今口福多。

（三）

人间四月荔枝红，美味应时旋季风。
入口滋心清肺腑，谁知管护乐忧同。

（四）

凝珠积玉自高凉，楚楚仙姿深院藏。
不是当年高力士，何来美誉冠城乡。

（五）

夺目青葱玉做堆，燕衔佳讯应时归。
亲尝美味知原委，难怪当年笑贵妃。

（六）

笔下先贤有妙传，当年妃子笑声甜。
而今不必劳天马，美味应时入雅篇。

游茶溪谷感怀（四首）

（一）

摘朵白云抽作丝，绢成飘落染琼池。
人间大美茶溪谷，待约神仙对酒卮。

（二）

捧来翠绿育成茶，漂染白云摇彩纱。
感佩人间多圣手，缤纷饰就美中华。

（三）

蜿蜒鱼贯莅天陔，似火骄阳炽烈开。
感动白云真有义，适时代伞护君来。

（四）

不劳玉帝派神仙，自有今朝我辈贤。
调动溪茶花亦草，新城信手种山巅。

长青诗社参会有作（三首）

（一）

雅韵犹胜桂味鲜，诗情弥漫悦先贤。
长青壮举同襄盛，芳蕾欣欣颂百年。

（二）

传承薪火论坛开，贤士纷纷筑雅台。
满腹经纶呈盛宴，诗心得润益良才。

（三）

不枉偷闲深圳行，标杆新树认长青。
真经取得精研后，国粹弘扬再远征。

题北戴河莲蓬阁兼赠冯树和先生（四首）（词林）

（一）

匠心独具起层楼，史料人文一并收。
沙海淘金凭慧眼，真知卓见著春秋。

（二）

钩沉史海未辞艰，集贝串珠几十年。
浪卷沙淘终正品，辉煌夺目览佳篇。

（三）

天开画境走游龙，墨海谁邀腕底风。
毓秀钟灵真宝地，千秋人脉聚豪雄。

（四）

澍雨长滋北戴河，中枢大政令传多。
鲜知几许风流客，向善教人正气歌。

为历史孝心故事配诗（十六首）

周林氏钦旌孝节

难得人生是善良，尊夫自爱敬高堂。
枯桐古井传佳话，无愧皇封思孝坊。

陈玉言孝心造桥

相传辛苦为严亲，日月轮回爱意深。
积累涓涓酬壮志，桥承美誉孝儿心。

谢安钓鱼孝母

宰相求鱼孝子篇，真情感动水神仙。
捐来日日享鲜美，千古佳传说谢安。

包公十年尽孝（词林）

一代清官千古传，鲜知十载孝椿萱。
仁心感动天和地，寄望民间少厚颜。

孙思邈拜师学医

为救双亲始学医，深研广探启神思。
终成一代药王后，品尚杏林来凤仪。

岳飞敬师孝母

十载沙场屡建功，抗金名将刺精忠。
求师报国当年事，铸就心碑万丈峰。

刘邦划界救父

跪父感恩尤敬天，人之本孝德为先。
双施霸道还王道，盛世文明四百年。

卢氏女舍身救母

人间万象道轮回，孝悌传家庙欲隳。
骑虎升天卢氏女，言行呼唤孝心归。

花木兰代父从军

爱家爱国孝双亲，文武兼修奇烈人。
驰骋疆场十二载，谁知忠勇女儿身。

刘基大孝惠国

四家三立伟人名，小我恩尊国是成。
孝敬严慈心不泯，坟前筑室耻顽冥。

梁状元敬嫂如母

德品端醇学士身，诗书名盖政名真。
千秋不泯人心善，传颂高官敬嫂人。

沈云英勇夺父尸

资兼文武木兰身，忠孝成仁义举真。
莫道红颜无大用，花刀记史励来人。

谭嗣同智救父亲

变法当年掀飓风，回天乏术献精忠。
超常义举谁人似，智勇堪推谭嗣同。

朱淑贞吟诗救父

菊花降世绝尘埃，肠断词清鉴雅怀。
谁可倾言八不打，奇才一代女裙钗。

林默海上救父

天赐林家救父亲，鸿恩泽被一方人。
分明不类凡尘女，果是天妃圣母心。

戚继光牢记父训

记取谆谆教诲真，双修文武少年身。
沙场六载频传捷，戚氏军威不朽魂。

北戴河老虎石（四首）（词林）

（一）

沙滩醉卧眼何舒，可是饯行多一壶。
梦里时常溜出口，牵心灵药得寻无。

（二）

慧眼凭谁识大虫，秦皇岛外践初衷。
倾情一卧无心起，化石犹生虎虎风。

（三）

日月精华俊骨生，澄波玉浪润精灵。
千秋一梦情难改，率性勾留鉴赤诚。

（四）

石边敬慕拜三更，思绪如潮跌宕生。
岁月轮回千百载，诗篇笃信有传承。

【注】

北戴河是宝地，得受历代君王宠幸莅临，留诗无数，尤其是毛泽东。

有感北戴河诗友相送

诗花又放戴河香，时届深秋未觉凉。
相送感君承美意，路长尤逊友情长。

碣石诗碑

碣石东临魏武鞭，光芒尤逊打鱼船。
千秋多少精神气，得孕今朝笔下篇。

雾中浴日亭

空蒙香雾锁蓬莱，凤阙龙楼为我开。
君问亲来何所获，包容万象是胸怀。

鹰角亭

相传矫健有雄鹰，海角天涯到此亭。
濯尽征尘栖宝地，和平鸽美久传名。

毛主席塑像

宿命天生做伟人，中华泽被沐鸿恩。
丰碑久竖民心里，千古精神不朽魂。

杨家埠

循迹追源文化乡，风筝年画技弘扬。
传承薪火杨家埠，放胆开怀聆妙章。

诸城访恐龙宫（二首）

（一）

幸运今来过亿年，时空穿越等闲看。
庞然大物存风骨，底事勾留认祖先。

（二）

龙骨龙魂世代传，良机天赐谱华篇。
适时开发龙有意，泽惠诸城出圣贤。

【注】

世称中华民族是龙的传人。

恐龙涧化石长廊

时光转换亿年深，承载风情留迹痕。
化石长廊开慧眼，神州圣物有传人。

诗题诸城常山（七首）

东方佛国

常山毓秀佛之家，普渡众生连海涯。
汇聚八方来大士，齐心护佑我中华。

文博馆

苑兴文博筑常山，天赐机缘造大观。
我赞窦君真胆识，东方佛国誉空前。

大荣博物馆

满目琳琅集大荣，十年辛苦践初衷。
几多心血几多爱，造就奇珍博物宫。

石雕艺术馆

绝妙雕工战石头，真情入梦事温柔。
千姿百态分明是，阆苑仙葩一馆收。

民间艺术馆

民间艺术富中华，慧眼识珠成大家。
半世追求勘卓越，殷勤心血透桑麻。

致常山开发商窦先生

情商出众智商高，龙裔超凡具凤毛。
我信诸城来后俊，风情相继更妖娆。

诸城名人馆

宝地诸城实有灵，名人辈出灿如星。
高瞻远瞩积风雅，一馆珠藏宿代铭。

鸢都竹枝词（五首）

（一）

寻梦潍城三月天，心欢水暖碧空蓝。
扬眉老幼偕男女，原是抬头赏纸鸢。

（二）

有幸亲临饱眼福，千姿百态绽鸢都。
从今梦里常欢笑，定是风筝招手呼。

（三）

军用曾经息讯传，肩承重任护平安。
如今发展高科技。不朽辉煌留史篇。

（四）

莺穿翠柳报佳音，香雪菲菲韵做魂。
满眼缤纷鸢醉我，中华文化有传人。

（五）

百米超长舞碧天，祥云左右等闲观。
中华泽被龙威武，民族精神世代传。

题潍坊百米长龙形风筝广场看风筝

胸怀高远舞春风，百态千姿各有形。
直上扶摇八万里，心牵福地恋潍城。

寄诗友钱福君先生

三月飞花万里香，潍城寻梦韵弘扬。
良朋今喜来昌乐，好酒名茶润雅肠。

参观滨南采油厂

两市五区辖面宽，当年神勇建滨南。
创新十大功勋队，勘采辉煌记胜编。

到滨州（三首）

（一）

一入山东北大门，园林城市感清新。
交通枢纽联天下，造就滨州盛世春。

（二）

几代殷勤播好春，辉煌业绩史传薪。
今朝更有擎旗手，靓丽滨城最喜人。

（三）

一夜东风叩万家，诚邀垂柳绽新芽。
亲临湿地黄河口，见证油花逐浪花。

访垦东——12

驱车一路到东营，海上油田陆上耕。
谁客龙宫斜井外，高原机采伴涛声。

题银川沙湖沙雕

茫茫大漠演时空，栩栩形神现旧容。
妙手雕成新境界，纵然沙器也威风。

早春柳蘑

老柳虬根四月缘，倾情敢领菌中先。
羸躯未负平生愿，破土终钻一把天。

题画《牡丹》

阆苑奇葩圣手栽，玉颜终是霸王才。
瑶宫昨夜失真品，谁窃仙姿此处来。

接受辽宁省诗词学会会长兼法人两个月感怀（五首）

（一）

临危受命日西斜，欲拼余晖酿彩霞。
唤取罡风吹雾霭，诚期星月透光华。

（二）

几多诗醉出风情，芳苑扶犁浪漫耕。
持剪尤循规范作，无花乏果弃庸藤。

（三）

一方水土一方天，缘何文事太艰难。
猧儿一屁随风倒，污染人心可自然。

（四）

自信中枢有铁拳，拍蝇打虎树清廉。
今朝占位无司职，指日清除污染源！

（五）

遍访省城寻立锥，橙黄兰紫岂堪追。
心头凤羽丰华羽，偕取高翔赏彩瑰。

无题（五首）

（一）

晓破阴霾日上东，几双鸦翅欲遮空。
纵然掀起沙尘暴，无奈霞光依旧红。

（二）

革命曾经雨雪风，长征信念志如松。
当年热血滋华夏，赢得旌旗耀眼红。

（三）

历雨经风看劲松，傲然挺立大夫雄。
乱云飞渡苍茫处，足驻山头终是峰。

（四）

山间竹笋腹中空，东倒西倾为顺风。
作势装腔嚷嚷闹，充薪成烬不如松。

（五）

嗡嗡乱串绿头蝇，阴腐腥膻聚众生。
待到灭虫除害日，良方一剂悄无声。

2017 年 6 月

有感狂犬吠日叠韵（五首）

（一）

日上犹惊惹犬声，一时众吠厌人听。
缘何狂噪随心起，搅得邻家理不清。

（二）

贯耳尤传犬吠声，无需在意用心听。
人于蠢物区分处，思想思维理可清。

（三）

时传狂犬吠声声，长作唯人维事听。
律己余生成至宝，脚下心头方向清。

（四）

世间不灭有猧声，不觉依然入耳听。
非是贤人多爱犬，直教真假理难清。

（五）

习惯人前变调声，三番花样主人听。
无非两种需求事，讨好祈食道理清。

此首用新韵 2017 年 7 月 9 日

咏 竹

出世生逢正好春，迎霜逗雪更精神。
炎凉不改初衷色，有节虚怀是本真。

辽宁省诗词学会换届一年感怀（四首）

（一）

三番击鼓未升堂，度外官家为哪桩。
青红不见无关己，谁开天眼辨炎凉。

（二）

狂风骤起落尘沙，摧折青枝摧蕾花。
正待阴霾驱散尽，林中扰攘数乌鸦。

（三）

不信阴云长蔽日，冰河此际尽情开。
兰舟整备精神爽，踏浪从容放众排！

（四）

民心自古盼天晴，万物无邪百业兴。
春到枝头勤侧耳，百花园里听婴鸣。

2017 年 2 月 17 日

春节祝福

冰渐消融鸟渐全，严冬过后是春天。
新开倦眼光明处，花著枝头满苑鲜。

接青葆夫妇寄来漂亮披肩有作

千里邮来友谊深，青田塞北递佳音。
真情缱绻堆霞锦，美在身姿甜在心。

重访滨州吟留别（二首）

（一）

滨州十载又重来，每忆风华未觉哀。
莽莽林中红日朗，盈眸尽是栋梁才。

（二）

识得林中仙羽名，梧桐沐雨引新声。
修身愿结尘凡鸟，撷取清音好共鸣。

滨州黄河“摇篮”处游感

黄河孕育出英才，手笔非凡鸿运开。
五海四环新格局，滨州建设上高台。

百果园桑树王

天生玉魄是贤良，百果园中千载桑。
莫怪人心难免俗，勾留率性亦称王。

水湾冬枣（二首）

（一）

仙姿摇曳醉朦胧，阆苑移来无棣东。
感佩水湾真圣手，巧工雕出玉玲珑。

（二）

凭谁筑梦数春秋，汗愿留香大业酬。
翡翠加工成圣品。珍珠挂上绿枝头。

秋后游荷花湾偶见一荷花

翠玉田田睹梦来，红消绿减怅情怀。
欣然一笑尤堪慰，尚有娇颜为我开。

海丰塔（二首）

（一）

玲珑翘角十三层，历尽苍桑未改型。
守信于今堪表率，大唐风韵著真情。

（二）

伟岸雄风倒影柔，波光洗礼逾千秋。
风风雨雨从无悔，鉴证沧桑岁月稠。

无棣古城

滨州无棣久闻名，高伫四门知废兴。
仿古重修高档次，人文打造旅游城。

虾

问渠何计旧还新，借得韬光养晦真。
漫道波中虫下者，能伸能屈是精神。

海盐二绝

（一）

何时修得众人亲，斗柄轮回几转寅。
多少辛勤酬日月，晶莹如玉世间珍。

（二）

浩浩波光照碧天，几多圣手种盐田。
倘无日月精华育，那晓人生苦与咸。

赞海参养殖

谁舀天河玉液来，精灵悄悄育仙胎。
殷勤几度成佳品，友发仁人富路开。

棣华牌海参

情牵亿万家，实业绽奇葩。
认证无公害，鸿名誉棣华。

乌兹别克斯坦咸海卤虫卵采捕基地

闯出国门谋共赢，卤虫基地应时生。
提升理念新模式，经济腾飞更远征。

侍亲小作之为90岁高龄脑萎缩老娘喂饭（四首）

（一）

鱼肉青蔬重入砧，倾心细细酿真纯。
情牵齿落期颐近，尤恤残年老病身。

（二）

碗里温馨心上安，一勺一口总香甜。
常思母爱扶羸弱，我奉椿萱度晚年。

（三）

生息繁衍古今传，敬老奉亲留美谈。
非是高官如愿事，稀粥烂饭慰心安。

（四）

每念高堂盼女归，忧思寒暑孝心违。
海味山珍无力取，粗茶亲奉报春晖。

弄孙乐组诗

盼说话（二首）

（一）

怀中娇软逗亲情，唐宋诗词侧耳听。
不厌其烦天天诵，忽然得意接柔声。

（二）

日照香炉刚出口，甜甜奶气接成烟。
飞流不待三千尺，急切呼来是九天。

学说话

舌音平翘未能分，示范三番看得真。
不解因由伸小手，掰开牙齿练声新。

教拼音

编成歌诀唱开腔，声韵辨清音色强。
上去阴阳标四调，根基打好任徜徉。

滑板车

蹒跚几下便随行，放胆开怀似燕轻。
流汗心慌跟不上，越追越远唤声声。

平衡车

赶趁人稀到广场，身轻如燕彩披扬。
目光南北多无顾，转瞬牵衣汗也香。

玩具车

珍视模车别样情，高低大小入心灵。
床边环壁皆排满，世界名牌说得清。

看电视

大千世界未关心，只爱车型入眼真。
赛事从来不放过，痴熬夜半总精神。

做作业（七律）

进得家门奔大厅，书包一甩弄车型。
乐高图审开心智，雪地狂飙动引擎。
一阅题笺笔有力，三番构架竖无声。
童年乐得缤纷色，宜学宜玩才算精。

背唐诗（四首）

（一）

摇头背起芳菲尽，山寺争开说到家。
未解风情谁可恨，转来此处也看花。

（二）

日照香炉第几春？唐诗说过可成真？
飞流哪里三千尺，带我一游才信神。

（三）

赶海沙滩玩具丢，翻飞小铲截清流。
细水澌澌挡不住，忽然出口爱晴柔。

（四）

桌前小手高低舞，满身满脸真教虎。
米饭甜甜我爱吃，为啥粒粒皆辛苦。

入幼儿园（四首）

（一）

三周始入幼儿园，泪眼朦胧哭破天。
墙外揪心归不忍，多番思虑总难安。

（二）

院外勾头垫脚看，终嫌耳笨未听全。
谁家宝贝一声喊，急令抽身到眼前。

（三）

春风扶起幼苗鲜，半载功夫心内安。
小手一扬呼拜拜，今天我去幼儿园。

（四）

趣味归来学得全，掰开小手闹腾欢。
爷爷相问谁家事？努嘴声声说咱班！

恭贺孙子入小学

告别幼儿心志高，书包犹似驾船篙。
从今浪里寻鳌背，不畏艰辛展大旄。

2018 年 9 月 3 日

诗记外孙倪嘉林成长（九首）

入　学

收藏玩具入箱中，难舍难分泪眼空。
一进黉堂情绪改，因知从此别蒙童。

2016 年 9 月 3 日

入少先队

朝阳一缕清心肺，跨上书包新生辈。
满脸笑容声调高，今天我入少先队！

上 学

鲜红领巾带胸前，叫劲般般敢领先。
学做勤能样样好，只因心内有高贤。

上二年级2017

春来秋去日匆匆，又见花开满树红。
蝶舞蜂飞翻几度，新知积累两年功。

上三年级2018

正是翩翩小少年，学堂转瞬过千天。
一经冶炼洪炉里，指日烧成有用砖。

学书法

蒙童有志壮胸怀，仰慕书家旷世才。
见处临摹钩点划，髫龄屡屡莅高台。

练小提琴

悠扬入耳忒精神，肩上提琴别样亲。
五线牵连十指动，时空穿越报佳音。

业　余

入道亲书种玉魂，深知学问立程门。
虚心敢做虔诚辈，不愧人夸倪子孙。

才艺表演

登台汇报小精灵，咬字声声入耳听。
风范大家张有度，遥从举止透雷霆。

为双亲洗脚（二首）

（一）

求取瑶池水一方，床前亲手试温凉。
人生阔步期颐近，春夏秋冬凭丈量。

（二）

双手轻柔仔细搓，沧桑不老谱心歌。
排忧促健新招式，泡脚亲为试按摩。

之为老母洗澡（二首）

（一）

岁月摧修背似弓，当年俊美冶成翁。
相夫教子身承累，转瞬尤难耐弱风。

（二）

双手扶亲入碧池，温馨脉脉母心知。
惟期烦恼如灰渍，尽洗无余康寿时。

之为双亲理发（二首）

（一）

偷闲学艺侍双亲，顶上功夫几练新。
梳剪随时无有憾，纵然耄耋亦精神。

（二）

岁月相摧百味尝，青丝如染已成霜。
人生尽享天伦乐，剪却烦忧更健康。

之为老母亲剪指甲（二首）

（一）

心血当年育壮芽，一双玉指护琼花。
殷勤岁月真情爱，挡雨遮风守候家。

（二）

如今枝老燕归巢，修甲清污烦恼消。
乐享天伦人羡慕，如兹福寿倩谁高。

有感某融资单位人事关系（四首）

（一）

醒来观世太繁华，除却名家即利家。
莫道亲情疏久远，一见青蚨认做妈。

（二）

背后人前恶语伤，听来三五覆心霜。
平常姐妹何如此，只怪腰中少孔方。

（三）

人前软语绝屠苏，观色勘言探玉壶。
酒水分明心有数，决然只是看青蚨。

（四）

诚言事业苦追求，高职高薪有奔头。
五句三分哄鬼话，伸长手臂竞捞油。

春　短

新诗出手企无瑕，论仄谈平慕大家。
几日虔心调彩墨，东风已落海棠花。

雨后一支迟开的海棠花忒显眼靓丽

一支带雨出芳丛，别样娇柔别样容。
何事姗姗迟亮相，诚邀万绿护新红。

丁香花树墙

凭谁调遣站成排，摇曳梢头悄悄开。
风借奇香八面走，匆匆客目送将来。

无　题

率性勾留阅省城，花灯初上意朦胧。
长街领略风情后，踽踽尤疑阆苑行。

咏　春（四首）

（一）

青眸一展贯长川，香雾飞升袅袅烟。
昨夜翩翩仙子到，随风洒满雨花山。

（二）

谁引琼浆到此间，长滋沃土百花鲜。
峰棱正是铮铮骨，挺起中华万万年。

（三）

摇动菲菲香雪浓，萦烟撩雾满枝风。
因知出众常遭妒，未敢欢颜耀眼红。

(四)

藏匿深山未改衷，翩翩彩袖舞香风。
仙姿楚楚随心抹，绝胜丹青转世功。

【注】

题李荫升发来《春》的图片四幅有作。

2018 年 3 月 12 日晚

咏 鸟（四首）

(一)

几世修成彩羽新，烦尘不度总精神。
翩翩乐在今朝里，凤骨铮铮鉴好春。

(二)

天高风正羽扶轻，南北东西侧耳听。
六路凭眸识大道，炎凉世态总关情。

(三)

挑战风霜赢好春，缤纷世界已容身。
终尝美味酬心健，何计当时历苦辛。

（四）

曾经冬夏读炎凉，未泯心头一瓣香。
谁晓胸中天地广，顺风开济业无疆。

春到庄园（八首）

（一）

抢墒整地韵悠悠，垄上诗情缱绻流。
燕剪春风人惬意，遐思拂上绿枝头。

（二）

窗外星星眨眼眸，金鸡三唱月光收。
朦胧影动疑何物，原是东邻打垄头。

（三）

和风迎面爽于心，起早荷锄聆鸟吟。
信手犁开黄土地，诗随希望种三春。

（四）

轻风敲动小窗幽，疑是仙姑到此游。
倒徙出迎门启处，送朵梅花簪我头。

（五）

急性墙南韭露红，不甘示弱草绒绒。
谁家稚子真乖巧，柳笛声传吹奏功。

（六）

鸡声啼落晓寒星，枝杪鹅黄染柳轻。
三五翁婆开饭早。南坡起垅趁墒情。

（七）

曲直随形刻满坡，无需笔墨巧思多。
凭谁妙手丹青画，诗入缤纷四季歌。

（八）

门前溪水暗中流，叶下穿行赛御沟。
知是传情尤浪漫，春诗题上小枝头。

2014 年春

【注】

退休后回老家陪伴母亲过田园生活。

偕友访莫河不遇感怀

心仪大北路迢遥，数日偷闲胜友招。
无奈苍天难作美，有情小店乐逍遥。
声声曲奏铿锵韵，处处形留缱绻娇。
未遇何须真沮丧，机缘不到待明朝。

2019 年 7 月 26 日

目送朋友出站有感

五味杂陈理不清，翩翩身影遁无声。
渐行渐远心难寄，一样分离别样情。

无　题

天涯芳草绿，深浅假和真。
慧眼识图画，东风描好春。
南方花绽满，北国雪飘匀。
特色凭君悟，心头自醉茵。

拜谒河口断桥雕塑感怀组诗（七首）

断　桥

河口断桥处，来朝热血腾。
悠然鉴战火，骁勇又长征。
隔岸江山固，观桥友谊增。
如烟多少事，瞻拜觉心疼。

彭德怀马上塑像

英风不减驻江边，转瞬时光七十年。
卫国保家肝胆照，踏平霾雾向朝鲜！

毛岸英

几多磨难盼天晴，异国他乡不朽声。
未老青春犹立地，民心日月渡光明。

邱少云

胸怀家国爱之深，烈火熊熊不动身。
革命英雄堪伯仲，铜碑永筑是精神。

黄继光

四川家住在中江，抗美援朝卫国防。
格定青春二十整，来人犹念堵枪膛。

孙生禄

河北深培爱国根，少年展志化精鲲。
身为炮弹同归后，融入青天不朽魂。

杨根思

江苏泰水育英雄，血染旌旗烈烈红。
爆响烟飞伤敌胆。中朝保卫建奇功。

2019 年 7 月 22 日

访宽甸玫瑰岛（二首）新韵

一、车过隧道有感

苍天顾我雅诗怀，远岫飘升香雾来。
十万青峰拦不住，钻出地腹彩云开。

二、出行遇雨有感

筹谋已久在今天，定位成行黄椅山。
思系桃源不避政，勾留阆苑得酬缘。
玫瑰岛迓五夫子，宽甸驾随七女仙。
情动于衷天共乐，怡心喜泪亦潸潸。

2019 年 7 月 21 日

诗情永驻玫瑰岛（二首）

（一）

谁镶碧玉丛，晓沐夏时风。
香气翩然至，花仙驻岛中。

二、夜宿玫瑰岛

山色朦胧晓雾轻，天边三五懒星明。
茏中彩凤开屏态，垄上青禾拔节声。
悄绽枝头千万朵，长灯亭外两三盈。
初疑阆苑花仙聚，未敢高音恐被惊。

限题咏荷（四首）

夏　荷

日月精灵孕翠华，蜻蜓抢眼立红花。
中空滴露生莲子，普渡慈航泽万家。

雨　荷

翠皿田田捧露心，垂成藕事坦胸襟。
无私挚意倾珠玉，有爱真情奏瑟琴。
是夜琼林嘉宴设，华辰绿蚁御杯斟。
蜻蜓醉倒尖尖后，送子如来不必寻。

残　荷

历经磨难未灰心，奉籽何辞日月侵。
御下清魂从未老，塘中玉藕卧犹深。
往来知己鱼行速，幻化凡尘蛙颂箴。
大士真才聆雅韵，从容抱朴放高音。

枯　荷

风霜雨雪岂伤根，天赐精神玉有温。
大爱囊中红胜火，相偕绿报满塘恩。

京杭大运河（二首）

（一）

春秋起始到元朝，经历三番作地标。
千载悠悠流水过，半承漕运半逍遥。

（二）

串联一水两千年，漕运传承话史篇。
穿越时空今对古，几多往事过云烟。

2019 年 7 月 13 日

【注】

（横跨海河，长江，黄河，淮河，钱塘江五大河流）

给孩子改诗

偷闲陪韵坐园林，嬉笑颜开感悟深。
暑热如蒸无奈我，垂垂老迈也童心。

韩美林艺术馆

如生栩栩叹麒麟，妙处谁知更诱人。
笔下沧桑偏有骨，朦胧自我幻犹真。

有感小学生诗赛会（三首）

（一）

小树新生正向阳，风调雨顺甲时光。
园丁管护他年后，定是参天好栋梁。

（二）

忘我倾心韵事牵，偕来林地赏佳篇。
无需采撷多红豆，解却相思一万年。

（三）

京都七月气如蒸。排仄调平险处登。
花甲缘何拼老命，夕阳幻彩为传承。

【注】

公园里给孩子改诗词被蚊子咬出满身大包戏题。

追寻李白创作之路（三首）

楚江边怀李白

当年笔下楚江开，此际千帆接踵来。
知是谪仙恩惠我，佳篇络绎动情怀。

拜谒天门山

溽暑桑拿不夜天，楚江开慧拜诗仙。
当年远影孤帆外，此际叠光争渡前。
历历声传三境界，悠悠时速几回旋。
天门山处思无尽，笔幸相偕一世缘。

感悟敬亭山

唐风宋雨未停传，有福宣城结世缘。
往事锥心成故事，情烟过耳荡云烟。
因留美梦真诚女，舍却浮华浪迹仙。
敢念红尘倾倒客，寥寥廿字最佳篇。

2019 年 8 月 13 日——17 日

游金陵凤凰台述李白（三首）

（一）

来寻不见凤凰台，尚有江风入我怀。
古貌已随时代改，新桥是处列成排。
诗词魅力出君辈，贤圣精神励我侪。
国粹千秋薪火盛，何愁雅韵靓华斋。

（二）

传统追随此地游，滔滔江水未停流。
几番探讨真寻迹，一代诗仙雅筑丘。
千里来朝题凤处，三生不悔拜雄洲。
灵犀穿越融今古，杯举诚邀共洗愁。

（三）

凤凰台畔景清幽，高铁奔来乘兴游。
两处探寻情不舍，一朝踏察志追求。
谪仙寂寞归灵域，侪辈虔诚拜圣楼。
缕缕清魂真感应，如流诗绪撞心头。

安徽三兔宣笔

今酬夙愿拜宣城，四宝文房久有名，
钟意清灵长管贵，随心挥洒紫毫轻。
丹青留墨尊家大，典故融情尚品精。
三兔生生环宇宙，中华一脉继文明。

拜谒桃花潭

潭水清清又几春，轮回时序后来人。
万家酒店声名旧，十里桃花岁月新。
如见舟行船上客，未闻歌踏岸边尘。
飞鸿照影千秋过，已惹诗情爆发频。

题《玲珑茶业》

桂东山水育吾侪，智慧为民立雅怀。
地理成标家国志，玲珑茶业冠名牌。

题《玲珑王茶》

日月精华仙品称，桂东香雾酿茶兴。
环勾雅态温如玉，入口滋心福寿增。

题《玲珑王茶叶公司》

玲珑村组产玲珑，几度寒霜路径通。
惠政民生开眼界，脱贫茶叶沐春风。
雁翔远岫排头雁，枫染层林火样枫。
农户公司同携手，称王品质宇环中。

长春杨晓东家所见题诗（四首）

《陆羽送茶》

矍铄亦髯长，祥云一路扬。
茶经翻做史，惠众奉琼浆。

《飞天》

足下祥风若许年，轻轻托起上云天。
心头有爱长留梦，朽木今朝化圣仙。

《木如意》

几世修成木也娇，恩于圣手事新雕。
匠心独具开如意，入眼财多寿更高。

《黄金章佛龛》

缅甸沐金风，修行善意浓。
尘缘遵造化，佛主在心中。

2019 年 2 月 24 日

为王朝仁砚赋诗一首

烟飞霞落大江边，独钓龙门我为先。
足下波涛心上愿，千秋彩墨和诗捐！

2019 年 02 月 25 日

家乡浮屠塔（四首）

（一）

千秋柱地更擎天，耳畔白云撩野烟。
亲历阴晴融四季，垂怜冷暖过千年。
一朝帝业宏篇著，宿代仁心青史传。
高树丰碑佳话里，而今沧海已桑田。

（二）

当年先祖口中情，常在儿时梦里惊。
沐雨七层融故事，迎风六角记忠诚。
珍稀红木君王意，题勒青砖将士名。
遭劫訇然文革炮，至今遗址盖无声。

(三)

七层六角矗辽东，尽阅春秋宿代风。
仰视高天师大义，清怀正气奉愚忠。
白袍救驾淤泥马，青眼营寻雪爪鸿。
一梦神言仁贵者，古今佳话说玲珑。

(四)

民间故事说真诚，古塔千秋证有情。
不怕忠奸寓杂乱，好持黑白辨尤清。
恒心感动仙家助，托梦愚开小将名。
大义君臣留胜迹，含融仁爱享光明！

【注】

① 在我老家（大石桥市汤池镇塔峪沟村第二村民组）北沟的南坡有一座唐朝建的塔，六角七层，人们叫它浮屠塔。

② 传说，唐王李世民征东时马陷淤泥河遇险，被身穿白袍放马人薛仁贵救出。

③ 唐王寻遍营地查无此人，不料梦里神人点化终见。薛仁贵不受高官厚禄所赠，无奈，唐王在此地修浮屠塔，以告天下，救人一命胜造七级浮屠！！

④ 记忆中的浮屠塔六角七层实心，塔面画有古代将士图。

⑤ 此塔于文革中遭破坏，现存遗址！

贺三八妇女节

中华史迹五千年，巾帼文明出自然。
马上飞标疆域保，炉旁点火菜肴煎。
传承国粹情方炽，养育英才技更专。
母爱无私天地鉴，精神大美媲婵娟。

2019 年 3 月 8 日

赶　海

拾趣随团到海边，霎时心性又童年。
人头攒动波推浪，鸥翅翻飞鱼戏船。
牡蛎敲来还入口，皮虾挖取更装瓿。
泥中抠出花黄蚬，围坐欢歌共野筵！

为儿子发图题诗（新韵）

听浪看蓝天，心情自泰然。
风筝尤慕我，山海在胸间。

2018 年秋

携钱铭、倪忠奇等一行游合肥巢湖

阆苑因情纱罩瞳，仙风香霈更朦胧。
湖波未展娇姿美，典故犹传仁爱衷。
三岛时时播善道，千秋历历济英雄。
今来沾溉清灵气，见证楼台烟雨中。

2018 年 10 月 25 日

【注】

三岛即姥山岛、姑岛和鞋岛。典故即焦母和女儿不顾自身安危，奋力救助乡邻的美德故事。英雄即合肥从古至今文人辈出，令人羡慕。见证即见证体会古人诗意（南朝四百八十寺，多少楼台烟雨中）。

中庙寺（点将台）

当年点将未曾归，多少佳传凤凰矶。
拓土开疆铭社稷，安民保境敞心扉。
时光虽逝风情在，日月轮回意愿违。
鱼贯来朝应有异，黄金犹自发光辉。

与蟠龙诗社诗友游赤山（四首）

（一）

威武插云看五峰，烟飞露降总从容。
泉清石叩三生韵，雨霁天留七彩虹。
一代君臣增故事，千秋史册说征东。
青春热血真情意，化作星辰照碧穹。

二、（新韵）

偷得浮生一日闲，相偕诗友觅奇观。
开怀阔论沧桑事，健步高登赤色山。
趣至桥头留彩照，兴来韵里话佳篇。
京腔一曲酬天籁，翁媪倾时回少年。

三、游龙泉寺

时光追溯到唐朝，拓土开疆史册标。
国主挥旌卒悍勇，龙潭凯捷寺妖娆。
身经风雨重修筑，度尽劫波曾寂寥。
岁月匆匆踪有迹，几多诗笔盛时昭。

四、将军洞

藤萝掩映洞幽明，千五春秋尚有声。
雪化冰消寒变暖，花开叶长雾昭晴。
藏兵藏将出奇勇，养气养神谋智精。
地利天时人占尽，山河随谱入唐名。

2018 年 8 月 27 日

践行王爱勇妹妹赴美有赠

不忍君行远，遥遥算路程。
云游思爱勇，星落寄离情。
彼岸风虽爽，家乡月更明。
沈城频翘首，举酒早相迎。

2018 年

热烈祝贺《辽宁省诗词学会工作总结表彰大会》胜利召开！！

换届三秋日未斜，情联国手结方家。
中央号令民生福，学会传承韵酿霞。
坛论铿锵师正义，歌声嘹亮唱中华。
尤欣雨顺风调好，老树今朝又绽花。

2019 年 6 月 15 日

庆祝《晚晴诗社》成立一周年

去岁今朝众手栽，风滋雨润莅高台。
深根孕育繁华态，热血终生碧玉胎。
雾重躬身亲灭害，位卑励志早成材。
倾心精进同袍许，大雅清流顾我来！

2019 年 5 月 26 日

沈阳北陵观荷（四首）

（一）

偕拜清陵六月中，田田拂满盛唐风。
谁人笔下蜻蜓立，点点芙蕖依旧红。

（二）

虔心度化佛莲真，阆苑移来藕作根。
因爱仙姿高洁品，留身泥沼鉴清魂。

（三）

非是西湖旧岁风，犹吹菡萏绽初红。
唐人彩墨今人笔，不辨生花韵味同。

（四）

露滴中空别样姿，千秋不改玉魂辞。
当年小艇知何处，为有童心未老时。

2019 年 7 月 6 日

《鹧鸪天·观荷》

风起田田绿野丛，铺开点点翠湖中。仙姿楚楚邀清梦，雅韵翩翩入美瞳。　塘水碧，荷花红，笔滋珠露蘸苍穹。盛来玉液施传统，一鉴真情易旧容。

初游大帅府（四绝）

（一）

官署民居一座楼，关东军政此中筹。
张家两帅名人史，貌似皇宫运未留。

（二）

人去楼空过百年，诸多故事说空前。
凭谁帅府论功罪，一并收来入典编。

（三）

特色关东筑沈城，千秋帅府更传名。
东洋觊觎中华久，爆炸惊浓爱国情。

（四）

大帅罹灾少帅醒，灵机老虎响枪声。
杨常亲日苍天怒，暗助同心一夜成。

2018 年 11 月 17 日

赠玫瑰岛秦潇

晓雾朦胧罩碧纱，谁人潇洒理桑麻。
墙头探过青珠展，架上悬垂紫蔓爬。
玉帝恩施滴雅露，金蜂忙碌采琼花。
相偕姐妹翩翩舞，疑似仙姑阆苑家。

2019 年 6 月

秋（二首）

（一）

高峰重九上，放眼牧无垠。
霜雁清鸣雾，晴苍白翥云。
三春耕缱绻，五色织缤纷。
衣食皆丰足，千般备逸勤。

（二）

人生六十后，是顺感从心。
膝绕儿孙乐，诗吟韵境深。
成功敬贤圣，开拓谢知音。
大木呈梁栋，森森惠绿荫　。

诗赠詹強诗兄（二首）

（一）

益友更良师，古稀擎大旗。
吟诗充寿礼，潇洒过期颐。

（二）

根种青田县，芳菲绽异乡。
人生经坎坷，事业步辉煌。
开启空中课，吟联海外章。
时年钦耄耋，亲手酿鸡汤。

（2019 七夕正值詹兄七十有二寿诞良辰）

知青岁月感忆（六首）

（一）

书包紧抱转回乡，面向农村大课堂。
父辈三生黄土地，我侪今日翠华裳。
时抛浊泪辞清梦，夜读闲书慕锦章。
豆蔻茫然心绪乱，田间五谷吮芳香。

（二）

回首旗扬主义真，红心乡下炼为民。
沟旁打靶星流老，垅上扶犁浪涌新。
一日掌中呈血泡，三生胸内长精神。
犹欣岁稔双丰硕，育就知青这代人。

（三）

五谷当年羞未识，伤苗锄草总难安。
农忙打药风争缓，夜战修渠月厌残。
头顶繁星商进度，合衣草铺睡成团。
田头读报聊时事，感悟农村天地宽。

（四）

记得工余大赛歌，欢呼声浪起长河。
知青戏曲才张幕，社会诗词又泛波。
台上田间征共战，阳春下里网同罗。
情深义笃实难忘，回首如今感慨多。

（五）

沐浴乡风神气升，一朝凭令转回城。
纵然工厂重头做，已是党龄千日兵。
奈忍锄犁辞好友，犹欣炉火淬忠诚。
艰难历练身心志，从此征途方向明。

（六）

当年忐忑下荒沟，踽踽前行汗水流。
肥地田间翻铁铲，除虫树上避风头。
开怀阆苑从容拜，放胆乾坤率性留。
苦乐人生曾抵砺，夕阳风采夺青眸。

2018 年

泰顺行吟（四首）

《红军挺进师纪念馆》（词林正韵）

大智尤钦闽浙边，求存敌怼敢周旋。
青纱帐里蛟龙隐，民众心中爱子安。
实少胜多酬挺进，除妖灭患胜空前。
英魂不老丰碑在，血色红旗不退颜！

北涧溪东姐妹廊桥（新韵）

祥云缭绕四溪间，姐妹生辰隔百年。
贸易通行足下水，求生免祸鬓旁烟。
千秋技艺非遗列，独具匠心胜鲁班。
特色廊桥为此最，中华古韵永承传！

泰顺库村

耕读传承唐宋家，千秋演绎罢桑麻。
曾开贤士学童馆，凝聚乡民智慧花。
岁月镌痕犹筑梦，藤萝挂壁又生芽。
当年户主知何去，黛瓦迎风送晚霞。

亲走碇步感怀

身扶烟霭伴人生，浪卷波推不改情。
春夏秋冬传韵雅，星辰日月孕光明。
平心静气乾坤读，烁古鎏今肝胆倾。
目不斜观行踽踽，初衷久践路长平。

步韵吴容先生《秋枫先生重过萧山有呈》感作

萧山过拜五经秋，事业蒸蒸已上头。
雅韵求新呈锦绣，韶华未老自风流。
大刀难断春江水，跬步还登王璨楼。
不舍追求何计较，江山来者说沉浮。

2019 年 5 月 23 日

庆祝中国共产党 97 华诞

中华积弱惹狼烟，恶犬重伤贫病缠。
厉鬼凶妖曾肆虐，仁人志士受熬煎。
英雄民族英雄辈，浩荡南湖浩荡船。
锤镰起树迎风舞，星火升腾遍地燃。
铁血铺开平坦路，丹心谱就壮怀篇。
时逢小恙烦肌体，政惠良方解倒悬。
打虎拍蝇身共健，除脏消毒梦同圆。
空间海陆沉浮主，完璧金瓯话语权。
环宇而今争瞩目，蛟龙直上正巡天！
中国共产党万岁！万岁！！万万岁！！！

2018 年 7 月 1 日

改革开放四十周年感赋

四十年前丑小鸭，蹒跚步履下河洼。
常忧猎隼尤擒兔，时羡天鹅更餐虾。
坐守清规甘锁国，难开生路岂由家。
春风一夜忽通塞，老树三番又著花。
敞牖赏千秋雪峪，推门事万户桑麻。
嫦娥俯瞰蛟龙号，世目聚焦禾稻芽。
高铁穿山堪逐日，银鹰拨雾可裁霞。
智能网络联天下，科技光波盖无涯。
景点树碑皆赋韵，街衢无路不飞车。

摩云楼厦琼宫比，落马虎蝇何处爬。
治乱惩贪医疾患，复兴圆梦正偏差。
金砖喜结共同体。话语联通洲际槎。
傲立东方狮已醒。英姿拔萃大中华。

2018 年 6 月 11 日

【注】

前六句写改革开放之前的状态；后四句写中国在世界中的地位。禾稻，指袁隆平研究出的亩产 2600 余斤的水稻良种，解决了人类的吃饭问题；赋韵，全国重视传统文化，各地景点多有刻碑赋诗撰联；科技，指国防军事的强大，精准打击能力。

节至小雪（二首）

（一）

时逢小雪雪无踪，凋尽芳菲凛冽风。
河上琉璃玉堆浪，天边玛瑙岫燃枫。
襟怀血热传薪火，吟苑霜寒灭害虫。
目至枯黄情笃信，枝头正孕早梅红。

（二）

小雪牵随大雪来，家家窗上画图开。
檐前妙手琉璃挂，廓外丹心玉树栽。
汗漫晶莹新世界，疏狂璀璨古亭台。
邀君塞北为诗客，好垒泥炉共举杯。

松

瘠岭岩坡未厌穷，生根展叶衬霞红。
曾经雪压书高洁，端赖光滋韵久通。
冰冻三番真质美，皇封宿代大夫雄。
岁寒梅竹成三友，玉翠炎凉不改衷。

梅

玉骨冰肌厌俗流，芳苞始著过深秋。
星移影动般般媚，雪唤寒催代代优。
五瓣缤纷香有意，一枝旖旎靓无俦。
阳春莫道知音少，携手松风竹韵稠。

竹

破荒出世得钻天，直上青云不往还。
笋酿三春称美味，花开一夏袅岚烟。
虚怀若谷湘妃泪，有节临风郑燮篇。
道合堪夸岁寒友，千秋神韵赋吟贤。

骆　驼

上路从来未计酬，驼峰高举更昂头。
梦中点亮心中绿，沙海茫茫蹄作舟。

马

天生俊骨可行空，负重摧艰驭晓风。
往复瑶池非俗物，甘霖播洒作蛟龙。

牛

荒原绿意梦中留，赶趁夕阳望里秋。
奉献何惜奶与肉，清魂惠世算真牛。

西炮台

营口老街

明清开埠过千秋，商旅当年四海稠。
络绎舳舻争往复，稀奇杂货为推收。
驱倭打鬼辽河口，街老犹谈旧码头。
史鉴桥联城市里，一溜仿古瞰华楼。

2018 年 8 月 5 日

咏 扇

大小功能不必猜，方圆体态任君裁。
卧龙手上三分策，闺秀怀中一挡腮。
溽暑初尝蒸火焰，消灾诚愿请如来。
忧心真假难相辨，实恐芭蕉伪扇开。

萝北行吟

界江笔会赠李书文女史文 / 王献力

登高远望大江雄，绝顶凌霄最上层。
萝北松林堪四顾，白云有幸认秋楓。

萝北初识王献力诗家

塞外天青少浊尘，方家萝北赋诗新。
高才济济君犹劲，笔力雄浑不二人。

2018 年 7 月 16 日

题赵尚志将军过江纪念碑

江水缠绵实有灵，当年默默载君行。
丰碑立在民心里，正是英魂未了情。

赠南启祥将军

黄泛灾逢十二龄，从戎随父到行营。
严亲喋血痛千古，吹响冲锋第一声。
卫国保家强火炮，过江抗美抵尖兵，
柔肠侠骨精神爽，百战将军盖世名。

2018 年 7 月 17 日

黑龙江萝北行吟

题崔家大车店旧址（新韵）

山野萦岚处，兴东半隐身。
茅笘犹盖雪，灰烬尚余温。
逐寇周旋智，联民信仰真。
江中波有韵，恰似诉倾心。

【注】

① 崔家大车店是茅草笘顶，风凋茅色犹似霜雪覆盖。
② 炕上的火盆，好像还没凉透，比喻历史再现。
③ 奔流的江水好像深情的，在向今人述说当年的故事！

2018 年 7 月

黑龙江 7.16 戏水狂欢节

锣鼓铿锵塞外敲，中俄和韵竞妖娆。
白云缭绕牵青霭，黑水奔腾洗碧霄。
调得三重灵气运，催生百态彩霞描。
千秋流韵真情笃，化作蛟龙舞大潮。

题萝北抗倭石（王明宪刻石）

当年国耻记犹深，勒石陈明不屈心。
华夏同胞齐戮力，抗倭声响警如今。

题八仙阁

观音山上驻观音，赐福消灾造化深。
过海当年钟圣地，始留仙阁度民心。

鱼王庙

济济当为助战生，民间故事鬼神惊
尤钦造物天公道，香火鲜鳞万古名

兴龙峡谷感怀

何时化得美名留，昔日陶金一道沟
萦绕青云浮脚下，置身阆苑弄仙舟

赵尚志将军遇难地

临风玉树自朝阳，弱冠身尝暗日光
尚志中华重崛起，甘将热血灭倭狼

红松母树林

几世修来母爱身，辛勤不舍恰逢春
繁生子女成林后，三百风华韵味新

黑龙江流域博物馆

穿越时空立地标，黑龙腾跃润妖娆
多方民族风情异，六馆珍藏价更高

题“夏韵界江，诗意萝北”狂欢节开幕仪式

龙江流雅意，七月火如情。
一水连三域，千秋诵两声。
缠绵诗韵起，缱绻彩云生。
萝北听天赖，犹传烈马鸣。

【注】

① 三域，中，俄，犹。

② 两声，中，俄两国语言。

③ 诗韵，诗词采风作品。

④ 彩云，书法家舞墨。

⑤ 天籁，指演唱会。

⑥ 烈马鸣，指萝北发展的快马加鞭之声音。

名山岛抒怀

岛聚千秋史，江中流韵深。
舟行风爽面，枝动鸟惊心。
六馆时空越，一朝联古今。
人和通政处，留照鉴胸襟。

【注】

在“政通人和”碑下留影存照，以释情怀！！

题月季花树下秦箫小照

一树清香入脾真，飘然仙至睹精神。
芳菲犹逊秦箫美，蕙质兰心更可人。

牡丹亭

晓雾初开悦憩楼，花芳时节未曾游
今来绿瘦红犹减，不碍风光满眼收

牡丹园赏牡丹

姚黄魏紫莅琼台，阆苑芳菲移九陔。
一梦华酝偿夙愿，骨中香气迓君来！

诗赠高杰女侪

清暑殿幽金水堂，三围葱翠露芬芳。
果蔬满架田园绿，气运萦宫阆苑香。
作画弹琴羞月貌，宜师诤友雅诗章。
春风摆柳婀娜态，夺目玫瑰带早霜。

2018 年 7 月 8 日

观周少东书法

身心莅碧空，气韵贯游龙。
飘逸拿云手，神助腕底风。

哭潘慎老师（五首）

（一）

半生坎坷不寻常，出口因成起祸殃。
本是良材终未用，召回天国赋诗章。

（二）

一生倜傥两腮红，二十年前初识翁。
宜酒宜诗更宜友，瑕无掩玉老顽童。

（三）

益友益师二十年，调词分韵过千天。
倾心传统追唐宋，未计霜风凋玉颜。

（四）

多方寻觅不知情，一去匆匆忍泪声。
三拜他乡心企愿，西行驾鹤驭风轻。

（五）

此去天庭驭好风，免为凡事避苍穹。
声声呼唤均无应，再拜音容是梦中。

【注】

2018，6，17 日上午忽接太原诗友晋风微信，报知潘慎老于 6 月 15 日驾鹤西游，享年 94 岁，愿老人家一路走好！！

沉痛悼念章炎老吟丈（新韵二首）

（一）

噩耗电波传，椎心痛胆肝。
良师兼益友，驾鹤赴西天。
清泪朦胧洒，诗心缱绻谈。
遥遥追往事，神采正翩翩。

(二)

落落笔如椽，慈祥长者贤。
疏狂文字雅，灵秀意情酣。
德品称高尚，胸怀容大千。
终身留正气，风骨自天然。

律诗部分

伴唱部分

编撰《中华实用诗韵》《中华词律辞典》有感（二首）

（一）

吟坛一自起嘤鸣，不舍余音绕耳声。
继宋承唐兴大业，扶新剪腐护常青。
无私三尺冰消厚，有志十分月照明。
笔作长鞭频策马，征途驰骋觉蹄轻。

（二）

诗情无限趁时裁，笔砺心磨筑雅台。
烈马从来出战马，庸才每自妒英才。
闲言岂碍真金烁，坎坷难禁大路开。
荡尽尘埃终有日，清风明月共吟怀。

省政协一行镇赉采风

哈尔淖水库泛舟

船头凭立牧苍茫，仙羽翩翩错落翔。
水上犁波丰岁月，镜中移景悦芬芳。
童心几欲鲜鱼顾，诗笔三番雅韵彰。
未悔迟来领天籁，临风诵唱齿留香。

登莫莫格瞭望台（新韵）

北望森森夺目青，松榆杨柳各风情。
春秋鹤鹳翔天宇，深浅苇樟浮浪汀。
碧毯平镶白玉美，澄波垂钓锦鳞轻。
三三复式城乡建，生态桃源此处称。

2012年9月8—10日

【注】

① 三城即卫生城、平安城、湿地城；三乡即鱼米之乡、能源之乡、白鹤之乡。

② 草原上的羊群像镶嵌在碧毯上的白玉。

③ 樟即一种细叶苇类湿地植物，叫青樟。

④ 此地被称作生态桃园。

辽阳行（六首）

赠诗友宁泉汐（新韵）

军旅诗中喜识君，清才儒雅特精神。
执枪每视豺狼影，擢笔常怀李杜心。
宦海扬帆摧雪浪，吟坛敲韵绕梁音。
身家自炼铮铮骨，卓立凡尘大写人。

参加辽阳诗会

召唤连声壮雅肠，力排俗务访辽阳。
偷闲樯橹摇波浪，骋目梧桐落凤凰。
大路新开思绪远，旧朋重会友情长。
非为钓誉沽名至，杯满真诚韵酿香。

辽阳广佑寺坐佛

西行漫步到辽阳，苦海殷勤师法航。
普渡慈心仁爱久，弘扬佛道地天长。
微微善目明三界，栩栩莲花惠八方。
坐定香樟修正果，深情广佑万民康。

辽阳白塔（新韵）

代届辽时白塔成，十三层起古襄平。
密檐高挑倡仁爱，神像威仪塑笃精。
八角周旋明与暗，双修幻化废还兴。
佛光道法融和睦，一体包容万物生。

用轮椅推老父游松花湖

长风吹送浪涛生，轻艇为犁水上耕。
休问墒情勤撒种，也凭渔汛获收成。
天知善恶终须报，公论是非何必争。
雁过鸣声分四季，人间张李总留名。

2012 年 8 月 20 日——23 日

【注】

老父患脑血栓多年，生活不能自理，接来我身边便于照顾。父母均是无劳保无医疗保险无生活来源的农民，为排解其忧烦，时常用轮椅推老父出游。

与友人聊身世

前尘开罪补凡根，星度云教敢放吟。
初涉坛中砂砾厚，惯于道上性情真。
公鸡产蛋曾遭辱，常理伤风奈可喑。
未悔投胎忧命贱，当修来世女儿身。

【注】

电视小品《公鸡下蛋》讽刺那些只占位不干事，又不许别人干事的人，只要别人干事就会遭到诽谤和污蔑，曾有人指责我没有资格编撰《诗韵词谱》，我不信邪，用三年时间完成了这套诗词专业工具书。

访山海关感袁崇焕（二首）

（一）

尤恨昏庸剑乱挥，人间事是总成非。
狗头偏做羊头卖，黛色犹当白色吹。
马后鞍前真效力，心丹胆赤未摧眉。
可怜骁勇精忠士，身败谗言城自隳。

（二）

古往云难遮月辉，时光终正是和非。
清尤清丽浊尤浊，矫自矫情巍自巍。
奸佞无才专事乱。苍天有眼本真归。
而今百姓心碑树，楷效袁公骏骨威。

无　题

夜放诗舟海气凉，波峰浪谷演沧桑。
时来潮水如流顺，偶遇暗礁须绕航。
无奈刖刑衷不改，有情补璧业还彰。
依然亮盏心头照，辉耀征帆一路扬。

龙游大竹海

绵延百里碧相邀，瘦影当年甲板桥。
节劲铮铮魂铸铁，心平瑟瑟海吹箫。
胸盈智启荣凝策，水点舟推屈做篙。
不老精神犹自慰，修成笛管曲声高。

宁夏诗词学会成立20周年致贺

2008年9月，时值宁夏回族自治区成立50周年，宁夏诗词学会成立20周年。承蒙学会会长、德高望重的老诗人秦中吟先生诚邀，前来参加庆典。此间所行、所见、所感辑成小诗，以记此行。

异军突起后，塞外运长通。
诗教开新页，怀舒唱大同。
一心弘国粹，廿载不言功。
猎猎吟旌举，芸芸看夏风。

题贺兰山岩画“太阳神”

弥久印痕深，形仪栩栩真。
攀登岩石上，画个太阳神。
心力遥知厚，笔功时见新。
非为成圣主，意在佑先民。

银川留别众诗友

难分无奈又登程，耳畔余音颂雅声。
廿载诗坛擎大纛，八方胜友慕高名。
爱伊流韵托新月，天府威仪浴夏风。
别后深知留恋事，银川长在梦中萦。

天津拜谒李叔同故居（新声韵）

弘一法号誉寰中，岁盛出家世道通。
志立高僧施大义，心求正觉践初衷。
修音制画传奇士，严律精佛卓越功。
我拜故居尤愧窘，才疏枉自认同宗。

张家界贺龙铜像前感怀（二首）

（一）

秀木天生是栋梁，横空出世睹炎凉。
刀削恶吏新开宇，马踏阴霾曙见光。
有幸安邦晖日月，无端折命恨风霜。
仙台久放元戎胆，注目千秋向故乡。

（二）

天定今生做小民，惯将倦眼看红尘。
书中善恶尤知准，事里忠奸岂辩真。
浊世无缘朝圣体，仙山有福结芳邻。
诗心恨是多情种，珠泪闲抛暗湿巾。

泡 茶

冲得闲茶无意间，浑然上下自由旋。
突来心绪认真想，未解情缘仔细勘。
一晃杯中同震荡，三思界外共牵连。
忽从就理明常理，升降皆因水掌权。

拜读《郑欣淼诗词百首》赠作者

林圃徜徉觅好春，欣逢玉蕾著枝新。
心凝佳什百篇血，经蕴真知三昧纶。
品鉴情怀诗鉴雅，鲁公风骨杜公神。
芳馨一缕游人醉，不枉方田厉苦辛。

原韵奉和岳奇主席《秋诗》

律转阳回满目春，欣耕阆苑遇真人。
一经路引终明向，十载愚开始化神。
有忘乐忧惟大士，无惊宠辱等闲身。
从谙楚水深还浊，自剪凡心不问津。

读岳奇主席《冬感令》依韵奉和

乍暖阳春尚觉寒，疏光遥透散轻烟。
熏风未绽枝头蕾，匪气欲摧台上璇。
行事犹应三虑后，问医何许一门前。
今时令早看飞雪，明媚何尝望眼穿。

读《素心斋吟稿》有赠（三首）

（一）

刚强不坏身，何虑染缸深。
句雅香如麝，情真贵比金。
诗吟从法道，玉震绕梁音。
把卷亲瞻后，文心结素心。

（二）

一卷诗来贵奉银，痴心妙手赋纯真。
承传薪火钦侪辈，垂钓天河羡锦鳞。
风老林中声尚远，波横海上浪犹新。
煮文尤觉充饥渴，喜与吟坛结义深。

（三）

宦海难能抱素心，新思观念久追寻。
书生壮岁七星剑，赤子良宵一曲琴。
气荡毫端传好韵，风旋笔底报佳音。
吟坛更喜春来早，芳蕾欣欣著上林。

原韵奉答岳奇《卧病有感》五迭韵

（一）

帘前燕影双，时掠过轩窗。
流水琴心曲，高山剑胆庞。
吐银丝织帛，倾碧血酬邦。
向晚情尤炽，凭栏唱大江。

（二）

骏骨允无双，风姿映碧窗。
梦中诗韵险，榻上藻思庞。
志壮凌华岳，心丹系旧邦。
催融塞外雪，汩汩注三江。

（三）

对月影成双，相邀竹曳窗。
明眸高且远，慧智敏而庞。
沉郁诗关庶，浩茫情系邦。
松花湖乐钓，胜过富春江。

（四）

夏至鸟鸣双，舒怀倚小窗。
沧溟不厌阔，碧野可容庞。
志士身为国，仁人血荐邦。
心清天远大，波涌月临江。

（五）

诗文誉绝双，霁月启晴窗。
仰止明心意，欣然著脸庞。
清音韵萦苑，高格调吟邦。
进退忧天下，涓流汇大江。

读《临清集》赠吴公文昌

无须舒啸确临清，耿耿丹忱励后生。
诗本情中源动力，人非格外鹜虚名。
奇思酿就陶公趣，险韵敲成杜甫声。
展卷华光倾入眼，吟坛笃信众垂青。

原韵翻济夫兄《老境》意

未悔人生半百过，犹知岁月尚余长。
晨昏甘为双亲累，贫富诚如探索忙。
笔拙终牵诗客眼，海深偏养夜珠光。
吟坛有福承天意，一代还胜一代强。

过访山西诗界同道

仰止吟坛喜识荆，亲聆百羽正嘤鸣。
久钦晋邑多才俊，常愧关东乏少陵。
诗运兴时同国运，心晴启处共天晴。
欣沾难老泉滋润，塞北清荣看后生。

题《红豆集》赠作者

一自高原情蕴真，移来塞北起芳茵。
初芽秀蕾承仙露，老叶虬根著韵鳞。
文苑三编开睿智，政坛两袖摒微尘。
丹忱凝就殷殷意，播向园田恰好春。

读《三友吟》有赠

塞外铿锵三友吟，悠悠古韵更传神。
眼前帧卷镌纹印，足下河山留履痕。
诚信识莘莘雨旧，精勤树烈烈风新。
丰川沃土滋灵秀，美奂姿仪绩录真。

赠刘跃老先生

皇叔仁爱刻心间，谱列鸿名未可删。
温雅儒风倾内外，铿锵傲骨盖仙凡。
从钟事业音符定，感戴人生子女贤。
更喜宗亲璞玉美，清魂宿代必相传。

【注】

刘跃老先生有刘皇叔刘备的仁爱之美德，他的才学蜚声海外，恶运年代傲骨铮铮从未低头，谱曲是一生的追求，好人好报，耄耋之年身体精神都好，而且子女贤惠孝顺，且参与世界刘氏宗亲活动，可敬可书。秋枫甚是敬佩！

谢众诗友读《秋枫吟草》题诗

瀚海淘珠不厌深，拿云高手竟如林。
古今文曲星垂灿，南北吟坛玉振音。
屡策羸躯师韵典，频研香墨鉴冰心。
真情不避霜风冷，更向梅枝踏雪寻。

读《梦断冰河》赠金国芳大姐

巾帼芳忱砺笔新，描形绘影总精神。
方田绮梦通佳境，瀚海柔情渡玉津。
妙手从来行里手，庶人毕竟剧中人。
冰河重幻红尘事，已使风光入眼真。

读《蓬山小草》赠作者黄存伟

敢抨时弊见真才，遵祖行医择杏台。
争奈风寒摧瘦骨，还欣春暖放高怀。
养生歌诀凝精典，习作诗吟消巨灾。
不愧人生留笔墨，蓬山小草靓仙陔。

接林岫邀稿函有作

一夜春风喜讯来，趁时花木向阳开。
上林欣著芳林愿，远岫还滋雅岫怀。
椽笔横空联海外，真情如诲举同侪。
程门许立启愚智，好借诗魂砺我才。

原韵奉和邓世广兄（二首）

（一）

不枉音书往复驰，玄机悟透未言悲。
龙缘水浅虾还戏，虎仗坪平犬亦欺。
险涉千寻酬足下，情弥一片报来兹。
恰逢春到园林地，玉蕾芳苞著满枝。

（二）

韵雅情高道不孤，千秋大义史中书。
鸿名知是人间有，嘹唳非从雁影无。
晋邑滩头留钓客，桃源阆苑羡耕夫。
他年胜友偕行处，必定天山把玉壶。

原韵奉答邓世广兄（二首）

（一）

如今成败论金银，手眼通天视觉新。
治腐除贪乏铁腕，翻江搅水有残鳞。
晋升政绩多为假，带印文凭几个真。
纵使星空怜百姓，清风明月不疗贫。

（二）

占住琼台有俸银，庄家常改亦常新。
雕龙未许许雕狗，长刺无成成长麟。
笋长山中争嘴硬，苇生墙上顺风真。
时来书画邀恩宠，独有诗词贫复贫。

接卢龙诗友席立新短信七律原韵奉和（二首）

（一）

入眼榴花火样红，秋晴热烈映丹枫。
当年射虎留鸿爪，宿代传诗继凤声。
后浪承推前浪涌，今峰犹胜古峰青。
算来吟友结天下，难忘卢龙一片情。

（二）

旗树秦皇岛外红，还疑眼醉满坡枫。
河边云动惊鱼影，林下风扶送鸟声。
古月燕山昭正史，今人诗苑赞卢龙。
孤竹喜有承传者，一代高才盛世情。

原韵奉答盛元兄

灿灿群星拱北辰，芳林绿染又临春。
频弹青杏枝头鸟，长系红丝心上轮。
平仄传薪司众笔，炎凉感悟等闲身。
人生回首几多梦，青果新昭日月尘。

与卢龙诗友垂钓（新声韵）

驱车寻趣岳家庄，马凳安闲半亩塘。
注目浮标观上下，追鱼饵料测存亡。
风头吹皱池中影，钩外牵来灶里香。
垂钓亦非凭运气，时机把握得辉煌。

重来镜泊湖呈汉荣、士杰二诗兄

北疆久起凤鸣声，雅意新传喜且惊。
身累多年吟苑事，心牵半仕故知情。
空中雁唳分春夏，世上人行留姓名。
凡俗放开邀胜友，重来仙境泛舟轻。

即时原韵奉答郑兄邦利（词林）

百花园里赏花红，谁记殷勤汗水功。
培土秋冬防虐雪，观天春夏测飙风。
层层老茧手增厚，硕硕新思时越空。
多少雕虫今古技，陈封独破可雕龙。

原韵奉和郑兄邦利

台前角色饰亲身，花旦青衣绝世伦。
攘攘明知情是假，茕茕苦练技成真。
嘶风烈马摧残垒，吐蕊寒梅报早春。
人有精神时运好，心胸浩浩百流新。

原韵奉和喜成吟弟

荣辱人生幻几何，休将烦恼注心波。
独行云外真天马，众舞池中假素娥。
任重尤须肩似铁，情浓终教笔如歌。
长风大道凭驰骋，阔步踢开拦路魔。

赠答石春学诗友

清音入耳鹊鸣真，古道时来正易新。
山骨谁言血有性，诗坛君使石生春。
虔诚款待八方旅，大度包容百态人。
最是堂堂男子汉，未教猧吠坏精神。

郴州老年大学诗词班成立二十周年应贺

郴州吟苑众花鲜，不枉耕耘二十年。
膏雨一犁芽暴长，殷情百倍业常牵。
骄人硕果媪翁育，鉴史佳编今古编。
薪火传承功在世，辉煌指日又聆先。

京东访范纵涛老先生有赠（用范老湿地韵）

自古见贤思欲齐，同行唯可脚行低。
杯空好待琼浆注，梧老犹招彩凤栖。
书海纵涛常是客，诗舟横橹总称儿。
京东一晤留佳句，必有来人续此题。

初访京东湿地

久仪湿地叩京东，汉石桥前大苇丛。
款款舟行波泛绿，婷婷荷放日怜红。
天留丽影托琼榭，舌啭黄莺唱古风。
旧雨新知酬雅韵，尘心暂却享轻松。

题京东古洞内景观《飞天》

谁挥妙笔做文章，灵璧瑶仙舞袖长。
古洞殷留石有迹，今开史鉴世无双。
如生栩栩飞天韵，浮塑皇皇幻画廊。
未晓何人真大胆，偷裁一角到敦煌。

诗赠马一骏及临西电力局（词林）

羸肩铁骨巨梁挑，解困于民破寂寥。
发展十年倾热血，争流百舸启新锚。
四横四纵输农网，三个三为竟达标。
喜看同行齐奋进，临西领阵雁翔高。

应邀过访张胜春庄园

氧吧一日享安闲，沁肺清心戏鸟喧。
出浴轻姿拍碧水，入林倩影对蓝天。
悠扬妙曲烟波外，鲜脆青蔬庭院前。
莫怪今来君忘返，神仙到此也流连。

【注】

2008年6月22日，应长春老干部局张胜春先生邀请，与《胜春诗社》张连科等部分编委同往张老自家的小庄园。其位于长春市新立城水库南端。一家人准备了自家产的环保菜肴款待我们。甚是感激，当场命笔，以示诚谢！

访萧红故居

时序凭持各有神，冬梅秋菊入眸真。
兰河水冷凋红蕊，渤海涛醇滋绿茵。
缱绻清魂萦冢旧，缤纷香阵透枝新。
非同岁月非同运，一样文心一样身。

诗答家乡诗友（二首）

（一）

塞上春归柳唤莺，南林声共北林声。
松山践约吟坛许，辽水修盟事业生。
征起风云宗旧旅，师从李杜抵新兵。
红尘半世无多累，回首尤惭语未惊。

（二）

谁怜飘泊正年轻，风雨频经志未更。
律转香痕钟玉翠，阳回芳甸领丹青。
倾心两卷灯前写，沥胆三生道上行。
算就此身真富有，人间无价数乡情。

【注】

两卷指余编撰出版的诗词专业工具书《中华实用诗韵》和《中华词律辞典》。

读林炎志《没有个人功利的追求》有赠（二首）

（一）

未曾相见已相知，大块文章思路奇。
言政言心归社会，论功论利解新题。
三分入木剖资本，一味追求避动机。
人愿随天天有眼，伸屈何计世间稀。

（二）

寻编万卷几成堆，西选东挑入卷帏。
大块时间师党政，小窗灯火验松梅。
三千读破求新解，一介书生横秀眉。
学政工农亲历后，于无声处品惊雷。

访巴吉垒波罗湖

史鉴将军亲点兵，平安护镇始留名。
横戈跃马波罗外，筑垒修屯长岭东。
济困青麻连片长，指航神蜡两支明。
悠悠岁月情难老，化作摇风碧苇生。

【注】

相传二百多年前，在吉林农安县巴吉垒乡，有一蒙古将军名叫巴吉，为保护百姓建垒演兵抵抗外敌入侵，后人称此地为巴吉垒；传说在一年大旱中，波罗湖内长满了青蔴，助民解困；在波罗湖内有两支神蜡，为迷航者指引方向。

波罗湖游趣

波罗湖畔应清招，偕友驱车远市嚣。
脚踩油门疾似箭，风撩苇叶响如箫。
排空鹤影流云闪，跳水蛙声锦缎摇。
更喜鲜鳞知有意，无须张网伞能捞。

巴吉垒赠别赵喜林社长并同仁

国誉诗乡久盛名，兴衰几度又新征。
乌骓振鬣骧腾远，玉魄凌空夜照明。
埠外春争头雁领，坛中韵弄北辰升。
唯登峰顶高于顶，好继神州大雅声。

赴山海关途中作

疾行赴约快如舟，盛举同襄久运筹。
去岁诚召彩笔下，今朝感念赤心头。
一方大业千帆竞，盖世雄关百代讴。
自信渝关吉祥地，倾时发展上层楼。

登山海关

想见当年霸业开，烽烟民唳动情怀。
联关筑壁熊熊火，御虏营边处处台。
雄踞千秋彪史迹，腾骧一世孕龙胎。
安危疆土城池保，仰止巍峨后俊来。

瞻拜“天下第一关”

性灵沾得信无穷，楮墨游龙腕底风。
铁划镂开云雾重，银钩削去俗庸轻。
古闻飞马点关纪，今正讹传书显公。
不愧煌煌称第一，字留天下享鸿名。

【注】

应邀初游山海关，得以瞻拜“天下第一关”真迹。此前，讹传误识“天下第一关”之牌字为纪晓岚飞马点关所为，今来方正解谬误，知“天下第一关”之牌字为明万历年间进士肖显所书。字迹张弛有度，钢劲有力，布局恰切，绝无庸俗之气。山海关的关名称天下第一，“天下第一关”五字之神韵亦堪称第一。

初访山海关老龙头

戚公胆识傲王侯，铸就丰碑史迹留。
卧向缠绵扶渤海，携从浪漫簇关楼。
安边忆旧烽烟散，富路开新络绎游。
未计迢迢诚内外，青眸尽牧老龙头。

拜读《玩转律诗》赠高昌

洒洒洋洋集大观，研诗授计锦囊编。
佳篇品赏情融境，病句诊疗笔作椽。
平水韵中耽教化，复兴路上众萦牵。
填词度曲从零始，入眼珠玑世可传。

2011 年 4 月 20 日

2011 年秋游红叶谷

时逢大美过辽东，宿代修成神笔功。
光照高岑弥野壑，情融烈火染苍穹。
承今继古声声雅，结友交心处处浓。
纵使非花颜色好，秋容绝胜早春红。

南游小记之“过黔江小作”

过访黔江有作

一夜春风递玉笺，乘槎我叩利川南。
驱云拨雾星灯闪，越涧穿空桥洞连。
错落盈眸居与寨，纷呈迭彩路和山。
黔江诗意独高卓，经济腾飞指顾间。

【注】

黔江搞一个“诗意黔江”的活动，旨在宣传黔江，提高品位，改善经济。

2011 年 2 月—3 月

官渡峡游

渡口初成官府封，明朝迎送楫舟通。
依山鳞次民居俏，绕壁蜿蜒江水雍。
惊叹峡分中上下，欣观景现马牛龙。
勾留率性识今古，疑是神游幻梦中。

【注】

官渡峡分上中下三段，官渡峡峭壁处有形同“牛肝、马肺、龙舌头”的钟乳石。

狂欢于后坝篝火晚会

乡心民意惠殷勤，濯水初来倍觉亲。
篝火冲天情似烈，笙音出口酒如醇。
腾挪摆手身姿美，哭嫁摇歌声调新。
吊角楼前同舞步，尤欣忝列做诗人。

登上海金融中心百层大楼

偕凌苍碧百重楼，阆苑风情引兴游。
思有迷茫邀共论，视无拔峻结同俦。
仙纱飘逸身前舞，神绘蜿蜒脚下流。
天赐机缘我作主，赶超胆魄炳千秋。

【注】

① 陪同杨金亭、李保国、杨逸明等同登上海百层大楼，俯瞰车流如动感彩色绘画，白云似轻纱曼舞，真如阆苑奇观。2009、6、9 日夜与上海龙门宾馆

南明山仁寿寺

石梁飞架落琼台，金桂摇风爽客怀。
崖刻惊眸书远近，樟悬迓雾鉴兴衰。
尽知三碗淡浓味，难觅一诗今古才。
寄语纷纭朝圣者，待君笔底彩虹开。

过上海城隍庙遇雨有作

一鉴沧桑五百年，城隍神庙态依然。
几多缭绕祈香火，宿代殷勤拜大安。
臻富民生实有梦，和谐社会确相关。
今来唯我机缘好，法雨因滋如日天。

【注】

来拜城隍庙，恰逢酥雨缠绵，神爽心清，好生愉快！2009年6月10日返京车中。

翻花石海

地孕生灵万物胎，蟒蛇绳带绕平台。
波纹瀑布泛浮渣，象鼻爬虫推木排。
浪卷熔岩声在吼，图添水墨笔犹裁。
翻花石海酬吟客，百态天成大化开。

【注】

五大连池的火山口外，早年喷发的岩浆形成的景观。翻花石海有如蟒蛇、绳带、平台、波纹、瀑布、浮渣、象鼻流、爬虫、木排等物态形状，甚是壮观。

五大连池

嶙峋终破太虚封，次第升腾十四峰。
泄浪翻花石作海，吞牲流火穴生风。
因留冷矿无形客，始化熔岩有骨龙。
天下奇观呈特色，五池连璧鉴神功。

黑龙山

双百年前地火冲，岩浆四溢破尘封。
开天犁下夫妻树，揽胜峰头君老松。
清气随心由客领，丹青命笔任诗从。
新期佳构存完好，争赏风光仰黑龙。

【注】

① 黑龙山喷发至今已有200余年历史了。

② 岩浆溢出口、开天犁、夫妻树、揽胜峰、老君松等都是黑龙山上的景点。

③ 天成佳构是新期喷发保存最完好的火山口。

张家界山门

奇姿妙态画难工，拔地穿空向碧穹。
秀色铿锵呈古韵，仙云旖旎领香风。
元龙豪气萦天外，远岫岚光誉世中。
刮目环球重审视，神州脊骨仰雄峰。

塔峪沟唐代浮屠塔

神助唐王梦白袍，淤泥河里展奇招。
长枪救驾无双士，小将威仪盖满朝。
邦定凭君除险恶，碑传由口树高标。
江山尊此崇真善，七级浮屠鉴塔雕。

【注】

塔峪沟位于辽宁省大石桥东20公里处的汤池镇塔峪沟村，是余出生地，余少年成长于此。

赴神泉路上赠友

兴安一脉到罕山，蕴秀藏奇若许年。
风掣金钉镶碧毯，鹰衔银絮补蓝天。
清溪九曲蜿蜒走，细浪千寻旖旎翻。
多舛征途尤奋进，痴心早已浴神泉。

【注】

罕 han 地名读平声。

梦庐山

几回梦里到庐山，竹影松风幻紫岚。
日落日升关冷暖，风来风去识危安。
仙人洞外峰无险，宗祖崖前道有缘。
袅袅梵音争入耳，凡心得似彩云闲。

礼庐山途中作

飘飞玉带裹苍岩，领略佳篇四百旋。
灵雾迎来还复送，青蜂放去又回拦。
心无旁骛循仙迹，目不暇观朝胜山。
故事几多忧亦喜，悠悠来去付云烟。

抗非典

尘事如云幻化多，无端遭遇萨斯魔。
八方肆虐掀狂浪，万众齐心战劫波。
扼住疫情消恐惑，芟夷渎职摒蹉跎。
人间报道除灾祸，日丽天晴奏凯歌。

知命感怀（四首）

（一）

惯看红尘五十春，荒山悭水种诗魂。
躬耕拼搏由人笑，渭钓殷勤凭自尊。
造极无休寻达路，求真难得立程门。
女儿腔里男儿血，羞教腮前着泪痕。

（二）

谁言向晚失光华，火烧云头半壁霞。
舒卷倾时峰亦兽，扶摇此刻水和槎。
望中霄壤等同幻，始悟人妖不共车。
涤荡心尘渤海意，纵然秃笔也生花。

（三）

择筑巢栖大木横，雕龙画虎抵新兵。
才疏偏冶三生笔，身累皆溶一字情。
楫击中流重放胆，蹄辞驿站又登程。
浓霜染尽秋林色，枫幻云霞向晚晴。

（四）

三载人生恶梦中，冰寒初解喜春浓。
蒙心骗术心迷向，弥耳花言耳废聪。
迹混阴山识狡兔，竽充盛世拜仙童。
从来邪正终能辩，自信青天手眼通。

配画诗（四首）

天池远眺（温波摄）

当年腾地火，千古化嶙峋。
十六峰摇险，一涵波酿醇。
江源三共起，国界两同分。
远眺天池景，丹青未与伦。

三江之源（苏楠摄）

盘古辟洪荒，源流一泻长。
四时裁四野，三股注三江。
皎皎间红紫，峣峣曳绿黄。
斑斓如仕道，诠释有文章。

题吉林雾凇（郎琦摄）

山村野径遥，苍昊遣青腰。
茅舍银窗绣，松江玉树雕。
晶莹梨蕊素，高洁镜头娇。
妙景天然出，心清品自昭。

题松江冬韵（郎琦摄）

谁赐松江玉树娇，丹青无计比妖娆。
清魂雪后先贤颂，巧手机前后俊描。
馥郁琼台飘阵阵，朦胧兰棹影摇摇。
周天洗净浑然气，明媚从今破寂寥。

癸未中秋中镇社友赏月同题有作

感君南北遣飞鸿，雅嘱殷殷讯已通。
此际小街同瞩目，霎时大宇共吟风。
兴来海上思冰影，运至楼头对玉弓。
自愧囊羞乏馈品，清辉权借酿金盅。

癸未中秋对月

寄栖无力羡华楼，千日相扶总未周。
扰扰尘音杂旧梦，茫茫吟海泛扁舟。
行中霁彩应时变，客里春光不妄流。
自信阴霾终散尽，高天圆月又当头。

偕长春诗友赏月限题作

三五南湖偕友人，赏灯观月倍精神。
拱桥栏外金波远，垂柳梢头玉镜新。
争指蟾宫添丽景，随行花径染香尘。
诗心未许青春老，又遣柔毫赋旧轮。

赠山西李玉臻

法界播鸿名，诗坛磨杵成。
晋风积底蕴，时雨淬精英。
肩上乾坤重，心中日月明。
从容四季里，磊落写人生。

【注】

李玉臻原山西省法院院长、诗人。

拜读《谷岩泉诗稿》有感

未却京城大暑天，有缘亲拜谷岩泉。
坐中儒雅惊思健，韵里铿锵羡句安。
仕宦征途驰快马，诗情历练注深潭。
殷勤我信他年后，一代清风继古贤。

有感大清名相陈廷敬任（佩文韵府）、（钦定词谱）总阅官

沉思秉笔近鸡鸣，数载辛劳大业成。
恪慎精勤怀有节，凭才恃德品无争。
黄封同治修文典，白首当年盛世情。
大雅春风泽后俊，求真实用砺新兵。

由太原赴阳城一路小雨不停有感

奔波一路过并州，相府求经事问由。
我羡皇封成二典，谁知清慎整三秋。
官家有价民无价，名慧难留韵久留。
许是老天真感动，丝丝故洒未停流。

【注】

并州，太原之古称；事有由，我所主编的《中华实用诗韵》、《中华词律辞典》是以四百年前陈廷敬任总阅官而修订的《佩文韵府》和《钦定词谱》为基本脚本资料，扶新剪腐而成；皇封二典，《佩文韵府》和《钦定词谱》是当年康熙皇帝钦定的；清慎整三秋，我是自费自愿自修历时三年完成《中华实用诗韵》、《中华词律辞典》的；官家有价民无价，当年康熙下拨无数银两，而我全是自费；编撰过程中所遇难题和不屈不挠精神，应该感动老天。现《中华实用诗韵》、《中华词律辞典》已收藏在陈廷敬字典馆中。国外如美国国会图书馆，日本国等都有收藏。

访皇城相府

天然成大器，接踵慕名寻。
一代风情久，千秋教化深。
诗传铭素志，敬业秉丹心。
功绩垂青史，辉煌著满林。

参加《姚平辞赋集》出版座谈会作

诗词曲赋性情真，大笔横陈确有神。
新著坛中珠放彩，高朋座上面生春。
长安自古人才众，文苑如今韵味醇。
来访龙腾凤翥地，好沾灵气度吟身。

通辽留别题作

千秋佳话论诗骚，国泰筵开胆气豪。
一韵原能结众友，寸心底事系通辽。
因知六骏杯前品，何忍孤忠念里标。
车向长春情在此，与君把盏论天骄。

【注】

诗友六人为我饯行，我登车后。他们余兴未尽，仍在碰杯，并在电话中与我谈诗论酒。

宝延会长求赠

旗张耄耋身，吟苑领军人。
施政留清誉，传诗历苦辛。
冰心伯乐胆，慧眼荐龙鳞。
侪辈知途远，相携推巨轮。

通辽大青沟坨顶书怀

极目晴川碧玉旋，天连坨顶绿如蓝。
柔柔脚下无名草，汩汩沟边有响泉。
树曳婆娑生悱恻，禽鸣婉转惹缠绵。
茫茫沙海冲胡勒，演译兴衰大自然。

【注】

2008年8月9日随团去通辽大青沟旅游，大青沟系远古遗留自然景观。千余种树木，千余种鸟兽，以及由大小青沟组成的人字形地况是其外貌。冬暖夏凉，植物繁茂，古今更替，物种珍稀是其内涵。知今识古，生生不息，灵泉泽佑一方是其神韵。菊丽玛挥剑除魔，喋血捐躯，传说动人。抽暇踏访，感慨良多，情动于衷，诗笔记之。

雪 意

殷勤昨夜奏风笳，疑似纤纤漫舞纱。
雀跃稚童堆有韵，锨挥翁老铲无瑕。
灵鸡报与竹前叶，玉犬捎来梅上花。
安得铺天皆是币，小康分送庶民家。

昌黎葡萄沟

自古碣阳青史昭，秦皇汉武礼当朝。
文兴八代昌黎首，翠染一沟金凤腰。
村北红提更旧品，滦东紫玉创新标。
旅游生态悄然起，路辟康庄步步高。

游五台山

轻车坦路过南门，福地灵台礼佛尊。
石托三生明世事，棋开一局证乾坤。
天然瑞相清凉地，震悟大千避暑村。
不负此来留小记，他年博雅等闲论。

【注】

天然瑞相、清凉地、震悟大千、避暑村，皆为景点名称。

河北昌黎（二首）

（一）

经久昌黎文盛行，嘉园宿代有人耕。
盈枝累累知丰硕，放眼欣欣感众生。
凤翥祥峦迭凤彩，龙蟠灵壑起龙声。
财源拓展八方动，滚滚奔来花果域。

（二）

人称胜地碣阳古，文脉传承世代昌。
七帝继登史彪炳，五峰递建馆辉煌。
宏图八业描长策，民众三歌颂小康。
更喜今朝风气好，诗书雅韵盖成乡。

【注】

据史书记载，有秦始皇、曹操、李世民等七位皇帝先后亲临昌黎，登临碣石，赋诗明志；五峰，指在五峰山上建造的“韩文公祠”和“李大钊纪念馆”；八业，指当地政府的“八业立县”；三歌，指昌黎的“秧歌、吹歌、民歌”被文化部誉为文化之乡。

《学吟老人诗词选》第四卷出版志贺

人生喜见满天霞，开创胜春刊有嘉。
八秩星辰体魄健，四集词赋字书佳。
灵催妙手机播影，律动真情笔绽花。
自古全才谁媲美，劳模风采不虚夸。

悼述学兄

新正闻噩耗，难抑泪潸潸。
约聚成虚说，期逢却了缘。
歌吟联众友，心雨润千篇。
怒向苍天问，何由折早兰。

【注】

王述学诗兄生前系《辽水歌吟》报主编，其个人诗集《心雨痕》。

怀意庵老

寒透春城尽腊天，初闻噩耗泪潸然。
案头诗赋悲重读，壁上龙蛇怯再观。
德望煌煌昭海内，音容栩栩驻心田。
书宗一代归仙国，风骨崔嵬仰白山。

【注】

金意庵老系皇族，启功之族弟，著名书法家。

应诗友老骥限文韵有作

鸡虫得失莫斤斤，一局棋开黑白分。
问月吟风滋百感，惊秋即兴赋千文。
霜侵枫醉林如染，露润珠晖玉似醺。
最是时来堪放眼，望中生意正欣欣。

依韵奉和老骥先生

百川归海起波涛，贺岁诗邀胆气豪。
仆仆风尘辞北塞，迢迢云路赴东皋。
佳缘不必求三世，明月何须费半毛。
大道长鞭频策马，登峰犹自比峰高。

编撰《神奇卧龙湾》诗说神话（五首）

2011 年 2 月，营口市西市区政协主席，向我们中华《诗词月刊》传达了，由本刊担纲编撰《神奇卧龙湾》一书的区委决定：在努力完成任务的同时，又赋诗与相关传说，其中有：

老爷阁的传说

相闻营埠早通商，各业招财聚此方。
传教开行来海外，养家糊口自他乡。
鱼龙混杂流氓抢，泾渭分清侠士襄。
崇义尊公修善阁，财神武圣佑安康。

全神庙的由来

百年回首忆铿锵，各业求安始祖彰。
心恋情依祈善美，人和事顺祝宁康。
港城神祭风光好，湾畔龙飞稻谷香。
历尽劫波魂不朽，寻师踪迹入诗章。

营口西炮台

卓识倾心筑海防，百年风雨鉴沧桑。
驱俄终洒英雄血，御寇长晖民族光。
一洗奴颜争早晚，几经劫难阅兴亡。
莘莘报国忠良士，不朽精神入史章。

西大庙（海神娘娘庙）

聪颖天资更善良，海神佳配做娘娘。
关怀疾苦生灵爱，度化航标肉体伤。
雾里擎灯驱雾霭，恩中泽被闪恩光。
荣尊天后居堂庙，一脉相传故事长。

卧龙湾的由来

神明点化寸心丹，护佑生灵百事安。
滚滚商机齐福地，蒸蒸丽日贯长天。
降妖职守辽河口，助力泽恩鱼米川。
科技带头公事劲，腾骧共建卧龙湾。

农夫山泉

2011年9月1日——3日参加吉林省政协老干部《靖宇采风》有作。

运行天地几回旋，襄助名优出自然。
露润精华滋万物，熔喷灵气造千岩。
朝阳产业春风好，玉液催生饮品甜。
唯我农夫醇净美，琼浆尤逊此山泉。

奉答春城诗友

十载春城执意游，频更花事乱青眸。
诚交七八堂中友，亲弄二三波里舟。
帐下存诗吟汉月，坪前奉道论吴钩。
佳传应是今朝聚，题句传薪万古留。

【注】

长春诗友为我退休饯行，深感铮友难得，唱和诗纯，值得铭记终生。

查干湖泛舟

风吹碧苇柳丝柔，三五鸥追水上舟。
浪里横穿飞快艇，云中斜剪抖轻绸。
盈眸似画松原景，遣兴如吟捺钵秋。
渔猎当年生息地，繁忙主雅客勾留。

【注】

2013年8月，余随省政协到查干湖疗养，了解查干湖渔猎历史，并此地乃电视剧《圣水湖畔》拍摄地。泛舟湖上，所见所闻，以诗笔记之。

申退答友人

穿过阴霾可见天，艳阳高照破荆藩。
春城回首心成客，渤海乘风身做帆。
悟透炎凉别仕路，辨尝甘苦向人间。
游思未老三千界，终策青云看等闲。

参与主办《“大美中国，圆梦福田”中华诗词节》

一朝决策畅三关，雅颂风行昭大贤。
济济高才呈快手，累累硕果鉴佳篇。
丰碑屹立莲花顶，榕荫滋灵幸福田，
深圳芳华酬夙愿。诗魂人脉种年年。

原韵奉和魏义友君《得秋枫信酬诗二首》

（一）

俗务缠身久，秦川未及游。
远途磨秃笔，美景引长讴。
三峡襟开抱，全心韵弄舟。
吟朋情谊笃，诗思胜泉流。

（二）

半月倏忽过，归心误访京。
忙闲由事定，老小倚门迎。
处处寻诗境，回回梦古城。
胸中萦绕久，缱绻是真情。

2017年仲春（二首）

（一）

一夜潇潇雨步轻，声声痴叩野花坪。
情生缱绻犹争色，韵历铿锵未计名。
纵意檐前邀紫燕，留神陌上牧青莛。
几多妙笔为春著，落落芳笺赋性灵。

（二）

誰遣冰河昨夜消，长风作乱卷波涛。
犁行野陌莺穿户，枝荡纤条燕剪绦。
杜宇征催时令早，雄鸡啼唱日升高。
寻春不必频相问，请看香腮竞柳桃。

暮春（二首）

（一）

谁教万绿纳阳光，草色茵茵树下凉。
未惜羸軀尤向上，堪怜纤蕾敢争强。
青山旖旎芳菲竞，玉豆玲珑馥郁苌。
莫道人前春去也，随风放胆报安祥。

（二）

摇曳枝头叶渐肥，飘飘香雪尽情飞。
花期无憾曾欣赏，雨霁留心奋起追。
树下真菌三五处，坡前蚂蚁万千堆。
春归恰是风光好，珠果催花耀日辉。

盛果山庄采风（二首）

（一）

今来有福到山庄，美味与君同品尝。
野杏原生比老醋，杂蔬清梦胜黄粱。
倩谁放胆农家院，非我倾心弄贾商。
可是客稀原道窄，深研策略大文章。

【注】

山庄很美，可惜道路狭窄，车通不畅，游客稀少。

（二）

春步匆匆未可量，收容花雪踏残香。
翩翩蛱蝶霓裳舞，娓娓清词动热肠。
远岫朦胧丝锦缎，青云叆叇玉琳琅。
一声犬吠知来客，迎驾仙姑莅此庄。

西安拜谒杨虎城将军墓（二首）（新韵）

（一）

一生戎马力求新，兵谏西安正义伸。
未悔十年陷囹圄，还凭百战著精神。
牛头何幸埋忠骨，虎胆无缘灭匪身。
青史民心终有数，丰碑千古勒名真。

（二）

戎装西北傲王侯，解却长安外患忧。
抗日难施歼匪计，联张义举世民讴。
身前身后传清誉，舍命舍家成楚囚。
大勇仁心堪著世，阳谋何奈逊阴谋。

【注】

牛头，指安葬杨虎城将军的牛头山。

2006 年 11 月 15 日

武则天（新韵）

根生文水女儿身，俊骨花颜壮士心。
庵锁才人金殿梦，宫丰娇凤玉龙鳞。
政功武略开南选，雨霁霞飞化北辰。
伯仲皇名推历代，高碑无字帝精神。

高宗（新韵）

龙寝鱼腾鸟报祥，永徽之治正朝纲。
尊亲王业得来易，乱礼封仪度未伤。
不满专权思废武，无能理政治安邦。
槽头空占徒称帝，功过留人任贬扬。

黄鹤楼（新韵）

已历千秋传到今，多经劫难尚存身。
汉阳树外晴川殿，玉韵声中古曲琴。
大笔如椽留彩墨，清喉比鹤颂高吟。
自来游宴绝佳处，继赋烟波江上新。

贺《诗词月刊》秦皇岛和长春两个工作站文化交流活动圆满成功！（词林）

坛呈玉树涨高墙，端赖员工呵护长。
岛上情弥华韵启，城中笔竞彩旗张。
诗催劲挺双枝秀，墨润妖娆众蕾芳。
满目累累瞻有日，参天时节更留香。

祝秦（秦箫）妈妈八十大寿（词林）

秦氏门庭福寿宽，钟灵宝坻纳真贤。
莘莘学子身前教，济济儿孙膝下添。
慈爱花红尤果硕，情牵邻里至亲繁。
晚生三柱高香敬，遥祝九天仙女安。

博辉酒业（词林）

大业博辉承祖先，高粱优质择天然。
烧锅两口王家记，玉液惟心冷水泉。
大小无分凭至善，高低通达济兼安。
良方绝世名昭远，补益留香惠众仙。

【注】

① 博辉酒业老总继承祖业，不忘祖训，以良善为基，纯正为要，用良心造美酒。

② 博辉酒业的宗旨：达则兼济天下，善无大小之分。坚守祖训，以善入酒的绝世良方。

③ 博辉酒业的原料，纯正东北红高粱，天然冷泉水。4、品牌酒“喝两口”是“王记烧锅”的发展和传承。若谁有幸亲自品尝此酒，恰似飘然成仙，真的享受！

赠王静博董事长（新韵）

寒门出落盼逢春，春至风华最有神。
敢使单肩挑日月，还凭双手造乾坤。
博辉儒雅心碑壮，良善清醇口齿馨。
时在中天人气旺，唯文唯酒两高人。

原韵奉和周紫薇社长《为首届博辉杯精英论坛而作》（三首）

（一）

春风引我柳河边，得遇方家喜有缘。
王记烧锅青史写，醇清空白自家填。
三番润笔成诗雅，两口滋情做散仙。
指日升华皆瞩目，博辉发展驭飞船。

（二）（新韵）

磨道嘉成展壮观，谁堪大器凤和鸾。
因怀热血呈春暖，敢献丹忱破腊寒。
进退场中知虎卧，卷舒云外看龙蟠。
今来有幸亲尝品，两口留香气似兰。

（三）（新韵）

雾散天开绽笑颜，诚招胜友访辉山。
超群胆略能书志，提振精神敢闯关。
突兀诗情堪鹤野，平常心态比云闲。
他年寻迹何方去，雅韵花繁柳水边。

拜访沈阳四合院（新韵）

有幸亲来拜雅门，愚肠腹内化经伦。
三生桥上烟霞汇，四合院中鸾鹤群。
携手高台传圣火，倾心国粹作诗人。
曾经寒苦情长泰，竹韵梅姿松友邻。

2016 年 5 月

携手四合院感怀兼赠陈大海兄（四首）

（一）

四合院里领芬芳，舒蕾青枝放麝香。
叶茂尤需根笃壮，情真可获信弥长。
营巢先筑今宵梦，丰羽同消古韵霜。
滴水恩诚泉水报，他年诗话说华阳。

（二）

虎卧龙盘沈水中，华阳高耸接苍穹。
贤才海聚八方客，彩笔林招四野鸿。
客路长通财广进，蓝图大展业兴隆。
诗缘情贵求真谛，人迓心诚济韵衷。

【注】

海指陈大海，四合院老总，林指崔大林，原国家体委主任，四合院副总。

（三）（词林）

坎坷诗途踽踽行，风霜雪雨历曾经。
当年路障亲踢重，今岁艰难众除轻。
猎猎风扬擎大纛，殷殷血荐寄衷情。
晚晴尤慰吟肠热，湛湛余晖霞彩生。

（四）（词林）

涓滴微微入海生，摇波助浪度真情。
人间善美凭心酿，阆苑文明着力耕。
开济新陈师韵律，践行今古烁丹青。
尽捐荣辱抛肝胆，何计身前身后名。

诗颂许东航老前辈

半生天定事园丁，芳圃殷勤仔细耕。
师品薪传成大业，人才德树继长征。
夕阳播洒情无限，国粹弘扬玉有声。
学养高标堪仰止，吟坛济济享鸿名。

河北大城吟留别（新韵）

胜友清招河北行，匆匆两日感真情。
开愚探讨新朋智，吐雅切磋旧雨声。
入口琼浆舒五脏，贴心暖语慰三生。
今朝别却诗兄弟，梦呓时常唤大城。

诗赠家安及其好友

情衷国粹识金州，仄仄平平一味求。
知是才疏曾笔炼，何因路远肯心收。
犹遵韵律千秋颂，更尚德才三世留。
携手吟坛扶大雅，梦中谈笑亦诗俦。

【注】

家安及其朋友均住大连金州。

大连星海广场感怀（词林）

凭高望远大连湾，跨海长桥塑景观。
耳畔听涛心尚静，栏前观月态犹闲。
翩翩鸥鸟澄波外，济济良才浊世间。
顺手翻开书一页，随君任意说江山。

脚印（新韵）

大小浅深别样观，当年并举等闲看。
谁人臆想开新境，我辈从容理旧田。
道上随心留脚印，船中着意顺风帆。
风云朝暮应时变，几许长标在世间。

原韵奉和马凯同志“写在中华诗词学会第四次换届会之际”（二首）

（一）

大木苍苍日照迟，霜欺雪虐几伤枝。
古篇留迹丰碑矗，国粹弘扬骏马驰。
今喜政通文乐道，何愁纸贵法宗诗。
扶轮大雅争朝夕，夺目累累果硕时。

（二）

除虫去恙未嫌迟，剪杂删闲少赘枝。
唤取春风新绿染，扶将传统旧毫驰。
谁言堂庙无青眼，我信民间有好诗。
众志齐心同管护，参天不负著花时。

诚贺郑老欣淼连任中华诗词学会会长

梧桐沐雨又阳光，生意欣欣业正昌。
碧叶经霜尤坦荡，虬枝拒腐敢担当。
难承佞语存肝胆，信有春风扶栋梁。
百羽今朝朝凤羽，唐声宋韵倍铿锵。

贺马明德先生《听庐轩文集》问世

从军从政两兼优，德品才华第一流。
仕路从容排坎坷，吟坛缱绻注晴柔。
精勤敬业廉而俭，韵律传薪绸与缪。
余事尤能高雅甚，听庐问世引青眸。

初逢诗友宋奇贤弟

未曾谋面已闻名，貌若潘安品玉清。
笔下生花文积厚，书中寻乐趣增宏。
果然凤鸟深山出，必竟真才仕路平。
得识君心明大略，同襄盛举助嘤鸣。

【注】

① 经高作智老师引荐得以相识。

② 高老说，宋奇和张明深是盖州深山里飞出的俩凤凰。

原韵奉和晨菘兄“深秋思远”

羸躯未敢弄仙姿，韵魄词心浴墨池。
浊浪袭来无避处，暗礁绕过有明时。
情深业重尝诗醉，雨霁天青报我痴。
待到山花开烂熳，捉将春讯告兄知。

怀念父亲（词林）

应深圳梦欣老师命题“万爱千恩百苦，疼爱不过父亲”之千字韵，赋怀念父亲西行八载七律

米寿欢歌不夜天，匆匆八载忆尊颜。
一生缱绻恩施万，双手殷勤苦吃千。
身教言传承美德。讲今比古誉华篇。
人间富贵亲情重，父爱相随到永年。

咏未羊年（新韵）

结缘平仄做诗人，笔上心花尤自珍。
午马拉圆朝代月，未羊巧送盛时春。
蓝图终赖中枢策，青史长留高节臣。
务实忠诚开大路，张眸天地共呈新。

记辽宁省诗词学会第一次大型活动 7.1 大奖赛 2016 年 7 月 1 日深夜（四首）

（一）（词林）

绝无心意忤严尊，实乃倾情唤好春。
机遇何能多待捕，灵思只可瞬时擒。
并肩携手同参战，夺隘冲关共举斤。
大纛迎风驱雾霭，明朝鸾凤更超群。

（二）（词林）

一张白纸敢承担，铺设凭谁彩墨研。
七色堪滋马良笔，三生尤炼老君丹。
胸中世界盛无乱，纸上乾坤索有篇。
古往今来钦道义，调将热血绘江山。

(三)

不测风云乱耳鸣，情牵伯乐受长惊。
忽来暴雨如开裂，顿失东西辨未明。
急智临危尤自重，贪心出格觉人轻。
林中小径达沧海，载送光明万里行。

(四) (词林)

心期大雅众扶轻，未料芸芸各有名。
点火阴沟扇欲烈，生非网络乱何宁。
老天青眼识奸佞，竖子虚情辩赤诚。
突破重围真理在，邪无压正启帆行。

原韵和《长春连日酷暑遐思》兼赠张岳琦老主席

胸中圣火照天烧，十级阴风心未摇。
恶语伤人情自立，严霜犯菊色难凋。
天磨可耐无庸辈，业创曾经有汗浇。
回首红尘真好汉，铮铮铁骨树高标。

题四极茶兼赠柯总宏伟

天赐神奇出化州，流油滴翠满枝头。
医书本草当年记，茶饮芳名宿代留。
润肺喉清真品味，消炎咳止绝珍馐。
亲推四极高标立，诚信良心一愿酬。

【注】

① 化州出产的橘红是品中佳品，叶片翠绿如油。

② 李时珍的本草纲目中早有记载，药用功效十分可观。

③ 以橘红开发的茶品和饮料系列早有传承。

④ 柯宏伟先生以化州橘红开发的茶品，注重诚信经营，良心打造优质品牌，树立自身形象，以支持传统文化事业、推进人民健康为愿望的经营理念，值得称颂！

题茂名威尼斯假日酒店兼赠林总冠羽

如归假日茂名城，酒店威尼斯热情。
待客真诚手与足，栖居灵感仄融平。
文明礼貌从行业，诚信公开乐竞争。
林下清荣才俊众，扬鞭跃马向新征。

【注】

茂名威尼斯假日酒店是林总的，这次无常接待我们中华《诗词月刊》全国诗词创作采风团。林总年轻有为，手下年轻人才俊众多，经营有方。我希望他们的事业越做越大，经济实力越来越强！

龙山洪水（新韵）

惊闻洪水犯龙山，忐忑悬思心更担。
诗友身家无事故，人民财产可依然。
他乡留意遥相问，关注荧屏梦语牵。
双手胸前声默默，虔诚祈祷祝平安。

茨岩塘拜谒龙泉

汩汩清流过眼前，缘何称此做龙泉。
英雄故事人人讲，革命传闻处处牵。
解放神州留画卷，翻身百姓记诗篇。
常思元帅情如许，得似缠绵去又还。

惹巴拉题丫桥

十万峰围滚滚清，洗捞无意落高名。
沧桑未改丫形态，时代还兴怀古情。
三水缠绵星月照，一桥旖旎典诗生。
聪明睿智钦先祖，佳构招游颂雅声。

端午寄怀和陈创生原韵

时逢五月天，笔底沸情燃。
寂寞何曾祷，凄清亦可怜。
文荒成久问，心静做长眠。
楚水魂招远，难禁幻史篇。

原韵奉和中惠兄

龙舟夺锦日，划破水中天。
万种风情赛，千秋不朽篇。
诙谐调史韵，灵动取时鲜。
楚水深还浊，今朝换旧年。

来凤一中

努力齐心迎曙光，倩谁巨笔写辉煌。
资源汇聚规模造，重任分担特质飏。
天外有天舒望眼，殿中无殿护清凉。
筹谋大器卓高远，指日纷纷皆栋梁。

湖北来凤县百福司篝火摆手舞晚会

篝火熊熊映碧空，土家传统业兴隆。
铿锵锣鼓回旋韵，潇洒英姿婉转功。
巴楚缠绵心上月，汉唐缱绻盛时风。
古今耕织皆圆梦，舞醉场中童与翁。

重庆秀山（二首）

诗词月刊在中国，秀山传统诗词创作基地挂牌暨采风活动期间诗作。

秀山印象（词林）

商周巴属地，县建秀山灵。
三省连轴线，多民族共生。
资源主产富，湿润季风清。
古镇新时尚，诗联海外名。

寄语秀山（词林）

依山翠羽张，足下托梅江。
鉴智推才俊，修为成栋梁。
前贤恩泽久，侪辈路寻长。
纵目瞻高远，欣然翥凤凰。

共勉（新韵）

感谢夏维福及诗友们，一直以来对我工作的支持和鼓励，及真诚的帮助。

一声信任蜜糖甜，忐忑心从此际安。
踏浪身旁摇橹众，穿林径上竞争先。
遇荆开路惊无险，负重分肩承有担。
莫道垂垂翁妪老，弘扬国粹共回天！

辽宁省诗词学会借驻地（二首）（华阳大厦）

（一）（词林）

莫畏谗言失却津，偏听助恶昧诗人。
可怜势顺无关识，应是途通只认亲。
皎月光能明万里，痴心韵可动千寻。
冰消雪化曈曈日，不信春风柳不欣。

（二）

华阳雄踞助诗兴，瘦骨青衫顾沈城。
糙米原浆三顿煮，方田执意半畦耕。
潜行残月华灯亮，争奈清风簧舌声。
任是层层重设障，笑他螳臂当车行。

2017 年 6 月 21 日

喜鹊（词林）

云衣黑白自分明，四季巢居凤羽轻。
数载恩随同奋进，多生子女共温情。
相思节助仙桥会，民俗风传喜运升。
灭害除虫真本色，门前恰恰报新晴。

【注】

① 喜鹊是长久配偶。

② 每年生 5——8 枚卵。

③ 喜鹊选在人居屋宅附近的杨树上筑巢。俗称：喜鹊喳喳叫，喜事就来到！

学诗乐（二首）（词林）

（一）

当年出落小山村，半世追求唯自尊。
坎坷诗途曾纵马，迢遥心路尚留神。
跟随书卷推文史，穿越时空会古人。
好句得来如中奖，华词写就似添孙。

（二）

痴熬夜半守孤灯，调韵排辞仄仄平。
笔录词牌三百塔，心交文字五千兵。
松梅竹菊生华贵，李赵张王留姓名。
小作新成学诗乐，癫狂不觉又高声。

辽宁省诗词学会办公室有作（二首）

（一）（新韵）

踽踽前行履薄冰，欣能勠力破云封。
挥毫月夜酬诗客，展卷吟坛继宋声。
榻可安眠沙发睡，餐难食菜电锅烹。
不求功有求稀过，料定昏灯五载青。

（二）（词林）

入世凭谁敢放言，何曾计较论宽严。
利非关己周旋易，局到亲身进退难。
雪覆梅枝梅有韵，霜凝菊蕊菊无残。
心诚终到蓬莱去，钓得金鳌青眼看。

2017 年 5 月 10 日

2017 春日感怀四律（四首）

（一）（词林）

夕阳耀彩捧霞晖，玉手垂枝甘露肥。
礼圣虔心听教化，登程嫉恶厌鞭挥。
朦胧月色闲云弊，隐约钟声好拜谁。
枉我擎杯尊大佬，可怜家庙自行隳。

（二）

晴空如碧洗尘埃，诗树常青蕊正开。
吟苑传薪邀客赏，仙台取色供君裁。
倾心风暖春留下，争奈墙高月不来。
城里勾留输我意，周旋世事恨无才。

（三）（词林）

无意经年事事非，谗言几许惹心悲。
舌能放浪何云小，胆不谦虚自管肥。
遮日无云思久住，衔泥紫燕往来飞。
缤纷色彩诚堪赏，惟愿东风助我归。

（四）（词林）

求仙求佛未心灰，钉板初衷岂可违。
植柳心期莺共舞，浇花情愿蝶分肥。
高栏谁设清光避，低语我来寒意摧。
料是天缘怜弱势，垂垂勠力著丰碑。

贺党的十九大召开（新韵）

大树参天玉露滋，防虫除病几多时。
曾经霜冻身尤健，除却阴霾志未移。
叶茂根深凭沃土，风调雨顺赖鸿基。
花开十九香播远，硕果累累坠满枝。

贺《小草》付梓赠作者吴卓璧（六首）

吴老卓璧先生所著诗集《小草》即将出版，我由衷的高兴，真诚的祝贺！中华《诗词月刊》在全国建立工作站时，吴老是湛江第一任站长。多年来，为诗词事业做出了极大的贡献！吴老唯人慈祥谦和，唯诗事积极努力。虽年近期颐，但精神饱满，笔耕不辍。几经建议，方同意积诗成集。在稿件终审完后，激情难抑，随按《小草》分栏内容成小诗六首，权作总结与导读吧。不妥之处，诚望方家指教！

赞颂篇（新韵）

年届期颐尤热肠，未停毫楮著佳章。
诗心久绽花园绿，碧血常滋文苑芳。
国富兵强今世愿，警倭防寇后昆襄。
民情激奋邦牢固，爱我中华大纛扬。

讽喻篇（新韵）

今朝华夏得来难，记取硝烟弹雨天。
半世青春酬志壮，三生梦想保民安。
江山打下荣先烈，国库掏空耻巨贪。
诗笔忧怀针弊政，冲锋恰似在当年。

缅怀篇（词林）

吟坛走笔纵还横，耳畔犹鸣战鼓声。
赴难曾遭敌毒手，凯旋常缅友真情。
人间有爱捐肝胆，行业无分献赤诚。
济济中华好儿女，千秋不朽著英名。

感事篇

难能世相入诗狂，国运昌时文运昌。
六路亲观凭胆量，八方典汇籍华章。
三生情感今还古，四季风吹短与长。
万类千般皆可录，揉和心血写沧桑。

赠和篇（新韵）

一代高才称大贤，无分塞北与江南。
枪林铸就今生谊，平仄研成传统篇。
笔下淘情情缱绻，词中炼意意缠绵。
诗肠古道终难舍，锦鲤飞鸿递彩笺。

乡土篇（新韵）

期颐将近忆当年，母送娇儿临战前。
铁马金戈驱大寇，爬冰卧雪过重关。
青春勇献神州固，壮志欣酬社稷安。
漫道征途高与下，终生难忘是家山。

赴里耶途中作（新韵）

长练谁挥数百旋，翩翩舞上众山巅。
眼前香雾随心绕，轮外山花着意拦。
翘角飞檐出翠杪，霞光筛影落高田。
盈眸不舍千般景，酿作诗笺贮满篮。

访里耶秦简牍博物馆（二首）

（一）

时光追溯到先秦，古郡深藏简牍珍。
革故鼎新呈好运，面纱揭去是留真。

（二）

楚国边陲建有因，几经战火尚存身。
尘封往事传神话，回放时光逢好春。
县邑筹营精布设，废兴随史细追循。
秦朝帝国多风景，简牍昭然秘揭真。

步韵奉和李兄德志《戏赠李书文》（词林）

德品才华旧有谙，亲聆治学觉心惭。
生花妙笔金风雅，夺目佳篇春色酣。
祠后欣然归一祖，屏前有幸作长谈。
自知底薄求兄借，好放襟怀效圣男。

有感中枢反腐实绩（新韵）

自古神州史迹清，文明腐朽世留名。
几多奸佞民难迓，一届中枢国可兴。
治乱雄心锄老虎，倡廉决意灭苍蝇。
施行实务真佳策，美誉中华如日升。

羊年伊始

（一）（新韵）

一马当先仍在前，三羊开泰紧加鞭。
芟除荆刺重登路，绕过潜流又举帆。
直捣黄龙酬盛世，弘开传统滤精篇。
丹心妙手春长驻，生意欣欣著壮观。

（二）（新韵）

新阳当政秽全删，尘垢清除保众安。
街净水澄心透亮，情真意美笔生廉。
中枢大策开长策，学术精研集厚研。
苦乐炼成忧乐后，今生无悔入诗山。

小乖孙赵春森三周岁生日贺（新韵）

那日门庭喜抱孙，算来今晓整三春。
雏鹰哺育亲情厚，青木浇培管护勤。
立品身教施幼小，修心事带顾严尊。
谆谆不舍他年后，定是翱翔碧宇鹍。

宝贝外孙小倪嘉林六周岁生日贺 2015 正月初四（词林）

两千余日育嘉苗，沐雨承风破寂寥。
口若悬河绕口令，心藏林木著心桥。
乾坤笔上年轮聚，日月弦中神彩飘。
貌似潘安才出众，新星夺目耀重霄。

赠外孙女（词林）

窈窕天生百姓家，长于秀木绽奇葩。
青丝瀑布神飘逸，桃面胭脂璧冇瑕。
细语柔声心更善，尊亲敬友德尤佳。
不惊宠辱真修养，绝代佳人一品花。

访秀山花灯美食街（新韵）

浴雨沐风千百年，光华依旧未曾删。
几番宏愿今朝志，一脉清魂宿代安。
店铺门楣盈异彩，庄园神韵奉时鲜。
摩肩雅客频停步，博引诗情赋秀山。

边城秀山（新韵）

凭谁妙笔写边城，不径而蜚天下名。
我赞秀山施政者，挥师竭力创文明。
诚招鸾鹤百姿态，调动诗联宿代情。
合纵协横胸广阔，兼容四海壮吟声。

观洪安三不管石壁“边城”二字醒目有感（二首）

（一）（新韵）

藤萝无计掩边城，石壁谁镌入眼明。
未晓何称三不管，偏怜赛事万般情。
二龙腾起双双舞，一水穿连郁郁生。
逐梦探源谁似我，文心研墨化丹青。

（二）（新韵）

花伞撑开雨幕前，文心逐梦到洪安。
追寻野渡龙舟赛，探访楹联锦绣篇。
三省闻鸡驱晓月，一江放棹破晨烟。
高天怜我真情重，滋润从头到脚边。

诚谢汪中新先生惠赐《诗韵合璧·索引》并依原韵奉和（新韵）

国粹光华记盛年，尤欣侪辈业心坚。
十春辛苦三生励，一部精编百代传。
汗水甘捐当矿採，时间自取做珠穿。
煌煌夺目真经典，我信民间有大贤。

谨遵野草诗社之命以和之（新韵）

高阳普照未嫌迟，文苑琼花著满枝。
里巷芜尘着力扫，征途骏马踏风驰。
铿锵古韵传经典，旖旎今声赋好辞。
尤喜韶光无限好，人和地利正天时。

2017 年 1 月 16 日

应贾兄云诚之邀，原韵奉和《鸡年新春书怀》（新韵）

革故鼎新时代歌，金瓯如璧好山河。
拍蝇打虎驱长路，发展高科驭快车。
犹承国粹晴新放，岂教霾雾眼重遮。
倾情各自严关口，纵有妖魔奈我何。

谨遵李殿仁社长之命，原韵奉和（新韵）

高阳普照未嫌迟，文苑琼花著满枝。
里巷芜尘着力扫，征途骏马踏风驰。
铿锵古韵传经典，旖旎今声赋好辞。
尤喜风光无限好，人和地利正天时。

应邀赴深圳参加诗会飞机上观云有作

逍遥何拟驭仙风，直向沧溟叩九重。
清暑殿中人似鲫，广寒宫外马如龙。
畜禽栩栩千般态，山水汤汤万种情。
不尽芳华收眼底，今生无悔作诗虫。

缅茄树（词林）

根生中土世无双，五百春秋岁月长。
缱绻真情枝赌翠，婆娑美态子留香。
扶风感酿新春蕊，对雪诚收老玉囊。
底事清荣风雅甚，奇冤独炳诉沧桑。

秦皇岛海边题照（词林）

从容浪里帜高扬，执意精勤终稳航。
重霭倾删知厚积，暗礁巧过网新张。
凭真鱼讯情尤笃，惠众诗花韵尚香。
托起掌中金不换，明朝万缕浴霞光。

过访惠民吟留别（新韵）

访友寻诗到惠民，清风扑面忒精神。
新知默契骚坛论，旧雨抒怀时代吟。
文武追源孙与孔，城村开发古还今。
依依不舍终须舍，待看来年盛世春。

胜利油田（词林）

荒滩卓立塔如梭，耳畔犹听那首歌。
志士男儿心血献，英雄巾帼胆肝磨。
新风记取艰难史，旧浪推来创业波。
春至和谐生万物，相融渤海契黄河。

春雨中踏访白鹭湖井工厂（词林）

柳吐鹅黄序好春，丝丝细雨赛垂纶。
高原机采公园秀，白鹭湖妆景色新。
蓝架如楼集约化，红衣似火牡丹群。
谁添华彩增佳境，魅力滨南引客寻。

白鹭湖井工厂（新韵）

谁设云边玉杵奇，油龙出世沐晨曦。
月牵东岸萦风景，鞭策天河织雨丝。
管控四型行四化，协同三共不三施。
相融井景瑶池貌，靓丽滨南万众仪。

【注】

三共，井景共融，油地共赢，人企共进。三不，油不落地，气不上天，水不外排。

四型，集约型，高效性，智能型，和谐型。四化，标准化设计，模块化建设，标准化采购，信息化提升。

惠民踏查宋城墙残躯（新韵）

几度风来过惠民，叠加历史史成真。
千秋演变青铜器，宿代衍生黄土墩。
耳畔犹闻征鼓响，眼前已矗大楼新。
高科不用冷兵器，遗此沧桑鉴世尘。

访魏氏庄园有感（新韵）

古往今来当事迷，史中垂目释玄机。
心思几度谋财寿，时政三番设冗棋。
争利争名无可奈，防人防鬼愈离奇。
精明不过高天定，留得庄园说匪夷。

2017 年 3 月 30 日

留别滨州诗友（平水）

三番荣幸访滨州，城市公园美绘留。
韵雅情真肝胆照，风高节亮义诚投。
论诗习作评人品，练笔生花锻月钩。
我信从今归去后，与君梦里共吟讴。

潍城赏风筝赏花兼赠诸诗友（新韵）

潍城三月赏奇观，花酿芬芳柳酿烟。
百态空中人尽仰，千红枝上鸟争弹。
菲菲香雪邀春早，款款娇姿傍凤前。
此地情怀人不老，流连风景亦神仙。

官渡峡游感（黔江）（词林）

渡口初成官府封，明朝迎送楫舟通。
依山鳞次民居俏，绕壁蜿蜒江水雍。
惊叹峡分中上下，欣观景现马牛龙。
勾留率性识今古，疑似神游梦幻中。

【注】

官渡峡分上中下三段，峭壁上有形同“牛肝、马肺，龙舌头”的钟乳石。

狂欢于后坝篝火晚会（黔江）（平水）

乡心民意惠殷勤，濯水初来倍觉亲。
篝火冲天情似烈，笙音出口酒如醇。
腾挪摆手身姿美，哭嫁摇歌声调新。
吊脚楼前同舞步，尤欣忝列做诗人。

重访秦皇岛（新韵）

又是金秋雁翥高，秦皇岛外弄新潮。
烟波浩渺人间美，灯月辉煌阆苑娇。
夜静推窗能阅海，风微卧榻可听涛。
一轮冉冉光如射，醉赏凝珠圣火烧。

【注】

2014年10月8日至12日，应邀来秦参加“孝行天下、全国诗文大赛”评审活动。下榻海边金海大酒店，突来诗兴，随吟一律。

词部分

毛主席诞辰日有寄

沁园春·敬慰毛主席

智慧超群，卓越才能，国际领航；看今来古往，圣贤济济；星移物换，务事苍苍。革命风云，诗文日月，启智文明盛世章。层楼上，有五星旗帜，猎猎飘扬。　巍然屹立东方，正后俊扶轮放眼量。继韶山湘水，志坚情笃。神州大地，虎啸龙骧。科技先行，治贪反腐，筑梦中华做栋梁。看今日，我泱泱华夏，民富邦强。

毛主席诞辰日有寄（二首）

（一）

回首巍然造太平，而今未减半分情。
险关屡历身无恙，宝典长书史有声。
法制安邦贪腐灭，沙场驱寇庶民生。
尽捐小我成华夏，不愧丰碑载大名。

（二）

少年投笔著情长，书剑何如主义刚。
舍己为公留信念，开新除旧放霞光。
檄传帐外神州动，威震环中智慧张。
转瞬百年心影过，而今往事总思量。

鹧鸪天·村中春

摇曳枝头绿渐肥。霞天积翠彩云堆。冰消鲤跃龙门跳。气暖禽鸣凤阙归。　　酥雨润，好风吹，望中青翠惹芳菲。桑麻未减诗情趣，贿赂田家擢酒杯。

蝶恋花·诗事

廿载蹒跚何止步。寻觅无停，不觉天迟暮。雨雪风霜难阻路，小鞋穿大情尤笃。　　沟壑羸躯承野沐。韵里乾坤，为拜先贤顾。拾取金针侪辈度，凤毛麟角芳菲处。

念奴骄·感悟苏东坡

大才天赐，宋之幸，一代文豪魂烈。墨吏传家，苏氏谱，名压当朝桂列。政业三州，诗缘半世，不朽良心悦。诚耽书画，道修儒释兼杰。君命民爱终身，更安随得遇，黎民称玦。代圣传昭，如此际，笔下千言心切。万卷胸中，行藏只在我。壮波澜阔，毕生追逐明月。

水调歌头·菏泽牡丹

四月春光好，菏泽惹人怜，八方争仰来此，华彩醉瑶轩。魏紫倾城倾国，更有姚黄不屑。今古报芳颜。不愧誉王者，百卉领群仙。　　性尤烈，身独善，想当年。芳魂抗命，遭贬何惜到民间。顶上三光相伴，心上三才为限。睥睨小儿权，大雅千秋颂，香气骨中弹。

满江红·诗事

半世追求，钦唐宋、音声律格，倾全力，烁今融古仄平成册。众进荒原除杂棘，独开新径平沙碛。耐寂寥，壮志笔耕耘，留真迹。逢换届，台上坐，推我辈，非为客。莫须有无端责，月出因惊狂犬吠，海行何许扁舟逆。不信邪，大雅敢扶轮，尽绵薄！

满江红·国粹

哲圣先贤在这里、疆城守设。开创出，旧诗新韵，巨人明月。宿代春秋文史继，五千上下书香叠。楮墨耘，泽被后来人，知纯洁。华夏裔，生俊杰，弘国粹，民心热。又从头，远迈汉唐情切。百载风云遮不住，八方薪火传犹烈。看今朝，古国誉文明，真精卓！

行香子·学诗

毫楮留耕，韵海钟情，重修身化育潜能。时空穿越，古韵聆听。鉴学中诚，道中走，德中名。　　千秋国粹，薪火传承，悟中华史迹文明。公私兼顾，肝胆尤倾。喜圣音妙，今音美，杂音轻。

行香子·授诗

华夏文明，历史传承，问江山社稷何兴？公心为继，碑炳英名。看书中载，剧中演，典中评。　　先贤古圣，伐棘除荆，垦方田与后人耕。经霜不弃，浴火重生。更传新韵，筑新路，赋新声。

浪淘沙·诗识

宿代筑吟坛，薪火承传，中华文化辑瑶编。国粹叠加荣历史，盛况空前。　　上下五千年，古圣今贤，劫波度尽未歇肩。入境旋来真感悟，诗在民间！

2018 年 8 月 10 日

虞美人·筹备全国诗词创作大会（二首）

（一）

开天辟地炎黄早，感悟环球小。先贤古圣建家园，远迈汉唐传颂有佳篇。　　辛勤不悔承薪火，上下多求索。问今朝古国文明，唯我大中华万代留名！

（二）

中天一具金辉耀，引路头前照。多情左右伴身边，不舍亲随南北话无眠。　　温馨恰似诗词美，跋涉心无悔。赋唐承宋砺精神，穿越时空来此会先人！

【注】

时逢2018农历12月14—17日，从沈阳飞往山东又从山东到沈阳后，再启程飞广东。日夜兼程，为筹备全国诗词创作大会而奔波！！

鹧鸪天·筹备诗词创作大会

四夜三天往复忙，倾心双向鸟飞翔。南来北去牵云影，地上空中带月光。　情旖旎，步铿锵，传承国粹韵高扬！逢人说项诗词会，立定标竿夺锦章。

【注】

时逢农历冬月14--17日，月光皎洁有感而发。为筹备全国诗词创作大会，从沈阳飞到山东，又从山东飞回沈阳过一夜又飞往广东。日夜兼程，到处宣传，立志为中华文明历史增添一笔诗词的光彩！

西江月·冬雪

阆苑酿成精玉，凡尘飞作琼花。总邀梅蕊绽枝桠，犹自暗香牵挂。　猎猎去寻何处，翩翩来惠君家。雅风潇洒孕芳华，巨幅丹青妙画。

西江月·早行

晓月未沉山岭，启明犹唤诗章。行囊肩上赶匆忙，飘逸满怀激荡。　古韵放歌优雅，新声随步铿锵。顶风凛洌亦昂扬，不改心中梦想。

西江月·感动月随一路

挂在碧空神气，托呈蓝海威仪。登临龙脊待时机，练就那鳌头技。　　一路踢开坎坷，千秋营造稀奇。紧随倩影未曾离，感动冰轮不弃。

西江月·又一春

一夜青腰步疾，满庭华彩香浓。倩谁妩媚引熏风，为结缤纷如梦。　　酿就真情玉液，织成巧手蛟綃。九天仙子舞逍遥，遍野青葱醉了。

浣溪沙·赠山泉兄

一讯春城二十年，顺流直下润桑田，丰登五谷惠民安。　　奈作清河沙石水，端承薪火宋唐篇。成溪桃李助波澜。

浣溪沙·忆旧

邂逅回归领奖台，诗词雅会百花开。枫姿巾帼惹之徕。　　合道求同裁锦绣，传承薪火共情怀。并肩三载未容猜。

浣溪沙·梨花

韵育秋冬著蕾新，风中摇曳唤莘莘。芳华压雪更精神。　　一束凌寒春带雨，飘飞玉蝶舞纷纷。修成珠果脱轻尘。

浣溪沙·忆旧

菌现径前观老柳，时题韵限争谁手。无计后先同出口。　　归家乘兴吟三首，雅赏鲜蔬拼美酒。得是先生尤是友。

浣溪沙·桂花

谁可遣飞心上鸟，瑶宫筑梦真情早。惟八月邀时令好。　　清魂莫怪花开小，米粒芬芳姿窈窕。奉送东西香袅袅。

十六字令（三首）

（一）

茶，本自瑶台烂漫花，钦南国，移来百姓家。

（二）

茶，玉指招春摘嫩芽，三杯啜，两腋爽尤佳。

（三）

茶，葛陆双评赞有嘉，惊环宇，饮品尚无瑕。

渔歌子·无题（三首）

（一）

惯看红尘有所思，恩仇福报未应迟。谣惑众，谎欺师，炎凉不废老天知。

（二）

闲听偏信失江山，俊鸟同飞凤与鸾。明道德，辨谗言，诚信无需乱马鞭。

（三）

高峰之外看青山，为伍诗心贵有缘。思缱绻，韵缠绵，传薪虽苦品尤甜。

如梦令·哀省学会（二首）

（一）

改革风吹新牖，未解恨谁施手。雁过拔三毛，冷暴石飞沙走，何久，何久，奈不绿春天柳。

（二）

诗词文化复兴，传承国粹攀升。沈水令尤阻，铁鞋踏破无能。言轻，言轻，自恨我是书生。

如梦令·小孙儿

小孙三岁凤毛，青葱玉笋娇娇。学语竞簧舌，唐诗宋韵声高。逍遥，逍遥，似见出众妖娆。

鹧鸪天·赴会

有幸欣承胜友招，东风送我驭青霄。沙盘脚下随机走，苍狗身边顺势飘。　思念远，趣情高，银川美景系妖娆。为酬夙愿今生梦，云路三千未觉遥。

【注】

沙盘，从飞机上往下看，大地如硕大沙盘模型。

鹧鸪天·贺宁夏回族自治区成立 50 周年

塞北江南旧有名，爱伊流韵古今情。五旬区立民殷富，百业通城政令兴。　生态美，米粮盈，银川快马又长征。尤天府增新资力，遍引诗花笔上生。

【注】

天府，宁夏被评为十大新天府。爱伊指爱伊河。

鹧鸪天·戊子中秋月

未计身家利与名，诗人笔下共潮生。有缘桂魄承新韵，无福先人听旧声。　形易改，律难更，时逢三五又高升。浮云纵使微遮面，不碍蟾光万古明。

虞美人·中秋同宁夏诗友阅海湖泛舟

心仪府地银川好，到此忧烦少。相偕戊子正中秋，阆苑众仙星夜泛轻舟。　波光影里鱼儿跳，阅海湖灯妙，花儿高手放歌喉，玉魄双双邀我结同俦。

【注】

① 玉魄双双：天上和水里两个月亮。

② 花儿高手：当地民歌高手唐祥。

一剪梅·初访黑河江边伫立有作

谁遣黑龙卧大江，久历沧桑，护佑边疆。曾经岸上鉴刀光，外寇猖狂，岁月难忘。　绿染芬芳隔岸香，苍碧鹰扬，天马腾骧。中分两国系邻邦，来往通商，共创辉煌。

鹧鸪天·读《思想的魅力》赠作者孙占国

魅力精编荷玉杯，新思观念胜佳醅。诗肠直溺情如醉，国手鸿明志似裁。　文迭宕，意相催，一章一节见胸怀。等身学养足堪论，展卷惊教俗眼开。

一剪梅·寄双辽诗友（二首）

（一）

追忆从过乙亥秋，屡次筹谋，空负筹谋。双辽梦里几偕游，未解离愁，添了离愁。　日至甲申夙愿酬，把酒风流，促膝情投。诗缘谊结竞吟讴，甜在心头，醉在心头。

（二）

八一湖边拂绿绦，水上萍漂，天上云飘。青纱帐外鹤飞高，景色妖娆，思绪迢遥。　　人面荷花一样娇，诗泛波涛，谊酿醇醪。从今归去韵常敲，情系双辽，难忘双辽。

【注】

1995 年秋于北京结识王述学吟兄，几曾邀游，终因俗务缠身未能成行，铸成终身遗憾。今春应双辽诗词学会诚邀，实现双辽行，受到高规格接待，深感前缘未了，今缘更深，永志难忘，诗以记之。

画堂春（前题）

鹅黄柳染杏花天，手机佳讯欣传。同侪携手莳芝兰，辽水松山。　　千古文章大业，承前启后拳拳。披星两地驭云烟，无限情牵。

鹧鸪天·留别扎鲁特旗怀诗友

急赴清招过扎旗，风光入眼梦中稀。当年铁马狂飙史，此际新毫盛世诗。　　汗漫外，惹长思，几多往事鉴为师。人生纵有情千种，最贵罕山会友时。

鹧鸪天・拜神泉未果

佳话民间历久传，心仪真谛访罕山。花拦草阻犹神往，雨速坡粘亦向前。　情急切、意缠绵，修行不到拜泉难。今来缘浅还相慰，已注清流胸内遄。

曲玉管・青田行

胜友频召，相期十月，诗情若酒心头酿。万里何曾辞苦，南下瓯江，牧风光。念里杭州，龙游阆苑，鼎湖丽水开奇想。妙笔凭谁，执意留洞天长，大文章。史历千秋，国称宝，镂雕技艺，而今又创辉煌，通灵毓秀芬芳，美名扬。喜青田时运好，四海宾朋朝拜，丝茶之府，鱼米之乡，文物之邦。

青玉案・无题

时追彩蝶寻芳路，更喜见，花千树。馥郁深深深几度。月来弄影，桂香穿户，自在高寒处。　云霞似火烧天墅，阆苑耕耘种李杜，妙手裁新无计数。倩谁情笃，得青睐顾，不是平常虎。

一剪梅·到青田

如练飘然两岸鸣，江上舟行，水上车行。华檐翘角掩青葱，圃内花红，树内墙生。　　秋到青田月更明，望里清灵，梦里峥嵘。佳朋促膝兴尤浓，动了真情，涨了诗情。

鹧鸪天·杏花林遐想

未计沙荒与碱荒，清魂玉魄历沧桑。摄来梅蕊三分韵，酿就兰心一缕香。　　堪放眼，沐春光，东君惠顾愿先尝。飘来别圃成新族，试比梧桐引凤凰。

【注】

2004年4月29日，应邀参加吉林通榆县第三届包拉温都杏花节，在占地面积为1629公顷中有100多万株野生杏树，是迄今为止亚洲植被保存最完好、面积最大、林相最完整、景象原始的天然杏树林。杏树的枝干呈紫红色，远远望去如一片紫玉镶嵌在细沙铺成的金黄色的地毯上，那么纯正、剔透。当地人称杏林为“紫色的上岗”译成蒙语即“包拉温都”。

一剪梅·探访修淬光大姐（二首）

（一）

米寿人生烂熳秋，人品称优，诗品称优。结缘乙亥百花楼，韵海行舟，共展吟眸。　　梦里湘西几度游，喜泪常流。吟姊情稠。绕行千里解离愁，未下眉头、却上心头。

（二）

三度相逢泪不收，哭也风流、笑也风流。相拥倩影镜中留，牵手轻柔、促膝温柔。　　临别尤如鲠在喉，生活无忧，岁月堪忧。默默心头暗祈求，健似沙鸥、携手同游。

【注】

1995年秋于北京百花宾馆“诗研会”同湖南吉首诗人修淬光大姐同室结谊。1997年北京二度相逢。此为去东海嵊泗开会返回途中，从上海绕路湘西专访，路上电话相询知大姐健在，然耳已失聪，难以沟通。决意亲访，见面后，大姐脱口喊出我的名字，感慨不已，拉手拥抱流泪，欢心……晚饭后，留下了合影，并有无尽话语，执手难分，双方均有此会能否决别，依依……。

一剪梅·松

立命苍崖品不同，雾罩从容，雪压昂胸。竖今阅古大夫雄，从未邀功，确受皇封。　月送晴明鹤舞空，久对江东，傲骨雄风。云天玉笔秀如龙，韵写长青，不改初衷。

一剪梅·梅

不负平生好景真，何畏艰辛，未计清贫。千般苦乐付耕耘，典当清晨，收获黄昏。　愿许吟坛寄此身，宠不欢欣，辱不惊心。殷勤处处著枝新，抖擞精神，俏不争春。

一剪梅·竹

一自钻天草莽中，未卜穷通，昂首苍穹。般般珠泪染玲珑，梦里初衷、韵里情浓。　劲节虚怀入雅风，结伴松青，阅目梅红。胸藏日月自从容，寒亦葱茏、暑更兴隆。

满庭芳·枫

崖隙生成，欣滋雨露，想桃花面当年。大山深谷，云雾锁仙颜，偶植宫墙高院，胭脂水，载出芳笺。铭心句，沟漂内外，方寸写真言。　秋观何壮丽，半边焰火，烂漫流丹。恰众手扶轮，如日中天，更有多情雅客，成妙韵，醉赋霜前。知今古，情催笔动，将国粹承传。

渡江云·李煜

时逢秋是杪，枝寒叶老，忍耐苦霜侵。正恹恹病木，再绿难生，且气冷天阴。猢狲争窜，更无人、妙手回春。谁记取、殪潘芟李，帝业望中尘。　浮沉！痴狂悱恻，阅尽缤纷，算前情未忞。斯梦醒，颜更殿稳，水泻江深。心头剩得铿锵意，都赋予、大笔高岑，应料定、词坛宿代称君。

【注】

① 李煜继位前，他的国家已对宋称臣，这已为他的亡国之实打上了标签。

② 作为国君，他无力回春，而且身边铮臣少，佞臣多，错杀大将潘佑、李平。加快了南唐的灭亡速度，致使皇帝大业如望中之烟尘。

③ 从国君到阶下囚，浮，一国之君，能缠绵悱恻、揽尽缤纷，谙声色，不恤国事。沉，沦为阶下囚时，想来如梦金殿犹在，朱颜已改，悔恨之意如一江春水场泻不绝。

④ 当他悔过之时，他能指挥的只有手中的笔，于是写下了“绝

命词”《虞美人》。此词意高、艺美、味厚，是他爱恨情仇、孤独、悔恨情绪的综合体现。

⑤ 他的词才在词坛上应称之为王。

行香子·山东行兼寄善阶吟丈

齐鲁嘤鸣，塞北应声，探银河、浪静帆轻。胸怀旧雨，又结新朋。有书坛师、文坛友、艺坛情。　　弘扬国粹，传承薪火，看中华、一代精英。劳形案牍，吟苑躬耕。喜道情浓、道风正、道心倾。

鹧鸪天·谢慧英大姐

急赴清招汗雨侵，奔来千里有知音。三杯玉液滋焦口，两粒灵丹入锦心。　　消病患，感恩深，真情一片胜千金。人生念此温馨在，不悔诗坛苦苦吟。

采桑子·赠长春市老年大学诗文班学员

中华国粹弘扬路，格律遵循，格律遵循。学苑风光四季新。　　桑榆未晚休停步，振奋精神，振奋精神，打造人生第二春。

清平乐·无题

芳菲处处，梦里花盈树。绿绮红稠期久住，贿赂东君常驻。　　巫山雨暮云收，沙尘岂掩吟眸。纵使潮生明月，篱旁辜负新秋。

鹧鸪天·拜重庆大足谢黄芳峰老师

忙里偷闲大足游，心仪卧佛拜渝州。地灵人杰佳传久，友胜情真雅韵留。　　参石刻，结诗俦，黄师学养厚中优，亲临仰止高贤仕，德品才华第一流。

贺新郎·嵊泗参会兼赠老骥

东海心仪久，恰金秋，鸿飞塞北，唤朋呼友。遐迩仙山名嵊泗，邀赏明珠剔透。想浩翰连天波骤，喜览纵横千舸发、正沉舟侧畔帆争秀。惊雪浪、更雷吼。　　长风送我浙东走，立船头，犁云划雾，卷舒苍狗。着意濡毫东海水，明月清风顺手。荣与辱，人生常有，得失且轻杯中物，重诗情、吟苑春长昼，担道义，胆依旧。

行香子·与长春诗友饯行宴上

看馔珍全，围坐团圆，绽芳颜，笑语喧天。诗词歌赋，现代从前。觉友心热、诗心暖、士心安。　杯前慷慨，诗中风雅，自今番，谊结千年。休言别苦，再见随缘。定韵长传、笔长健、手长牵。

鹧鸪天·贺《青斋诗墨》出版兼赠作者毛兄学校

清韵欣传侧耳听，滨州一卷惠辽宁。盈斋爽墨留风景，夺目丹青胜画屏。　抒雅意，壮吟情，十年心血彩毫鸣。佳篇六百龙蛇舞，似玉如珠溅有声。

鹧鸪天·咏春（二首）

（一）

摇曳枝头绿渐肥，霞天积韵彩云堆。冰消鲤跃龙门跳，气暖禽鸣凤阙归。　酥雨润，好风吹，望中青翠惹芳菲。桑麻未减诗情趣，贿赂田家入酒杯。

（二）

闪烁车灯照月明，鸡声破晓垅前耕。诚如玉手描新韵，恰似蓝屏注雅名。　　千古画，一生情，田园山水益求精。功夫醇酿留人醉，误把乡村认作城。

虞美人·咏春（二首）

（一）

谁家已备牛犁早，陌上青芽小。催耕布谷唤声声，赶趁墒情打垄喜天晴。　　轮流作业和谐好，袖手翁于媪。啄泥新燕语温柔，相告小康今岁到华楼。

（二）

枝头已谢梅花老，客踏纤纤草。伫听禽鸟唱嘤鸣，湖畔游人仰看话风筝。　　千姿百态望中足，多少青眸瞩。坝前方是柳摇金，万象缤纷春色久于心。

拾翠羽

贺李青葆老师《水调歌头·生态丽水》荣获“中国梦想．美丽丽水”全国诗词大赛一等奖

赛事开台，诗界喜风来早，彩毫生、得抒襟抱。云云众客，领题思考，齐出手、将丽水佳词造。　　文化传承，多少梦萦苍昊，拼才华、笔功谁老。今人尤胜，昔刘基好，真大家、唯我辈数青葆。

鹧鸪天·千年古桑逍遥游乐园

数百清荣俊貌生，双河滋润古桑菁。千年缱绻勾留意，一日逍遥不舍情。　　贵妃貌，将军名，移来别圃醉倾城。春雕翡翠琉璃果，终酿仙丹玉液精。

【注】

双河，指德惠新河，马颊河。桑树多以某贵妃，某将军命名。桑树药用价值极高。

鹧鸪天·碣石山游思

地腹精魂孕育艰，一朝分娩火龙环。嶙峋物化开新宇，浪漫神传破旧关。　　天湛湛，径弯弯，当年魏武等闲攀，千秋遗作留人赏，美誉京南第一山。

鹧鸪天·应邀出席“全国诗教工作会议”

号令诚如霈雨滋，园中花木正逢时。犹欣土沃春凝蕾，更喜根深果满枝。　　酬旧雨，识新知，天南地北为诗词，叠加文化传青史，圆梦中华步未迟！

鹧鸪天·飞机上俯视云层

漫步逍遥赏雪姿，堆堆簇簇酿成诗。洪荒一夜精雕处，开济千秋未化时。　　苍狗吠，巨龙驰，般般形态惹神痴。人间天上皆同理，应变方为魔术师。

鹧鸪天·十笏园

浓缩袖珍承妙师，深深寓意赋奇姿。玲珑名景胡家造，典雅花园丁氏持。　窗映月，柳摇池，蛰藏文武佐新词。曲桥廊道丹青笔，记取情怀卧竹枝。

【注】

文武指关和孔。卧竹枝指郑板桥。

水调歌头·登超然台感悟东坡先生

历史叠加久，阅世读华篇。诸城循迹辛苦，吾倍慕超然。水调歌头深悟，感叹先人大度，效仿置标杆。妙笔谁能敌，魅力不须言。　学才品，遵格律，几回删。总难如意，勤执补拙垒诗山。但有雄心永在，破雾霾听天籁，醉美彩云间。敢越时空写，今古月同圆。

鹧鸪天·贝壳堤岛

渤海湾西南岸边，华光璀璨自天然。经年累月成堤岛，诗笔穿联度史篇。　经雪浪，转桑田，晖承日月彩玑璇。重重水下繁生类，革故开新代代传。

鹧鸪天·滨南采油厂

回首风云半纪前，滨南始建战高天。艰辛创业辉煌史，科技追求卓越篇。　谋发展，志攻关，转型增效树标杆。基层模范培优秀，配采稠油又领先。

【注】

滨南油田始建于1968年11月，至今已近半个世纪。

鹧鸪天·读“诗海扬帆”赠宋振儒、张勇等诗友

大漠柔柔暖气生，遥滋漫润出丹青。流沙转韵峰还谷，澍雨撩云阴幻晴。　呈百态，唤千声，丰川妙笔任纵横。擎旗引舵非凡手，诗海扬帆破浪行！

巫山一段云·2017年清明探慈母

日夜心头念，清明探故园。满怀激越拜慈颜，九二寿高年。　六十三春过，亲恩大如天。再多回报也难全，只盼母心安！

【注】

母亲高寿92岁，平时我们姐弟5人轮流照顾。现在在老弟家，清明放假前去探望，无论儿女怎样牵挂侍奉，也报答不了父母的养育之恩。只能是祈祷在世老母心安，乐享晚年！！

菩萨蛮·清明祭父

飘飞又见灰蝴蝶，牵情最是松冈月。月照不眠时，思亲情正痴。　　十年荒冢上，脚步何停往。怀念寄鲜花，朝阳奠晚霞。

【注】

严父过世十年，每年几次去上坟以解哀思。有人烧纸，纸灰漫天如蝴蝶，我用鲜花祭奠，每临清明带着孩子捧着鲜花祭奠先人。

题石门洞瀑布

意马行空健，披云下处州。灵岩施慧眼，高士自来游。曾诧仙霓美，绝胜大龙湫。珠帘垂且舞，龙躯展复收。　　临潭敲石吼，对月弄诗讴。络绎留屐齿，纷繁朔根由。琼台修几度，世上惠千秋。仰止同题句，古今共唱酬。天心缘不老，一脉泻清流。

甲申长白行

——阅长白山天池

扶我长风北渡关，冲霄万里入湖川。
苍龙霸岭吞星宿，白鹤驱云唳野天。
盖世雄浑平泰岳，安疆踞险比华山。
蛇行兽走仙踪幻，沙刺风刀脚步艰。
今壮五旬心未老，犹提七魄胆生烟。
天地之间人独立，缥缈无际思偕岚。
仙山仙水仙人乐，古月古松古龙安。
沸腾地火当年涌，造就灵泉此日观。
莅临绝顶惊魂颤，俯瞰深渊瞠目眩。
冷暖一山藏四季，高低二水泻三源。
瞬时狂风夹暴雨，顷刻老天绽笑颜。
伏地杜鹃开八月，罩岭雪冰接九天。
松横雾障鹰惊绿，玉老堆池虎抱蓝。
和煦轻融山花美，冷涯乍侵靓衣单。
青苔脚下蒸银气，白玉盘中滚金圆。
万象乾坤通大道，千般宇宙牾姻缘。
湍流积极拥人去，倒影接踵送日还。
岁月如荼秋叶赤，甲申和韵笃情专。
梨花带雨枝生翠，琼浆入口心不寒。
嶙峋傲立分两国，旖旎清流挂三弦。
锵锵乐美鸣天籁，净淙源远净尘凡。
知是上林真有意，关东泽惠自年年。

东海行吟

鸿飞塞北递佳音，长路何辞苦寒侵。
一睹明珠光入眼，又踏东海浪千寻。
秀水摇波秋月近，白云赌梦喆龙深。
冉冉金轮播素志，澄澄玉魄寄丹忱。
极目横天烧渔火，挥棹履浪幻神歆。
划雾迎风帆争秀，犁波立海马齐喑。
浪卷仙姝抚锦瑟，风摧妙手弄瑶琴。
偶来东海忽一啸，霎时涛起宕萧森。
追浪连天雪堆雪，迎波披彩金迭金。
人随上下行逶迤，船傍左右走差参。
世事诚如东海水，潮平岂发不平吟。
浊浪船前无长脊，诗人胸内有高岑。
纵情船头三番立，放胆鱼虾一网擒。
提过夕阳好烧烤，盛来东海满斛斟。
诚邀先哲行同路，亦饮亦行喜不禁。
海外仙山名闻久，可怜只作笔下钦。
谪仙有愿空神往，我辈无争得亲临。
踏海尤觉胸胜海，荣辱得失莫存心。
唯愿浩瀚东海水，新毫常濡墨淋淋。
唯愿浩瀚东海水，入怀坦荡涤俗襟。

龙游石窟

天开圣地浙江西，双龙戏凤造神奇。
瞿江灵江二龙聚，庇佑凤凰先民栖。
姑蔑古国千秋史，掘潭成串事迷离。
古城新县说繁盛，名家志士记无谀。
日月往复轮，桑田变化频。
红尘两千载，悠悠一片云。
二十世纪五十年，天降浊波袭庄田。
居民逃难徙高地，石岩背村始称誉。
生息繁衍无相扰，潭清水碧深无底。
洗衣饮用复浇园，无人知晓潭渊源。
偶有闲钓水潭旁，不意大鱼咬钩上。
得鱼心欢喜，持鱼更遐想。
若得水掏空，鱼财如水涨。
求财能者来，胆大吴阿奶。
筹谋二三参与者，抬来水泵忙开采。
四条清流如龙跃，十七昼夜未停歇。
心期水落大鱼出，无鱼确见灵龟卧。
石壁石柱露真容，石窟倒扣成巨簸。
抽水耗资大，补偿费筹划。
围坐语相争，旅游修鬼城。
灵龟通人语，鸣叫示赞成。
可是天心能动物，合该石窟破尘封。
洞构科学巧布局，北斗七星藏玄机。
精良堪比兵马俑，大气优胜长城艺。

人造石窟称瑰宝，鬼斧神工总不如。
倒扣巨簸柱三角，图腾灵兽未全凋。
视者瞠目皆惊呼，疑是外星客来造。
消息不径乘风走，政府接管兴旅游。
重新规划加保护，四 A 风景定红遒。
络绎来为探秘者，接踪去成猜谜客。
何故开洞时几许？洞开谁手又为何？
一说勾践藏兵开此洞，开洞生民逃难又一说。
大洞小洞不相通，古书古史无记着。
疑云宛似仙山岫，朦胧飘逸看不够。
冥思苦想不得解，越思越想越迷惑。
中华文化五千年，龙游石窟悬巨卷。
傥历春秋终昂首，龙骧恰起凤凰山。
好时好雨邀佳客，八方作手亲来观。
健笔纵横风云会，他年史记留美谈。
龙凤呈祥泽福地，才俊辈出皆英贤。
四位一体同发展，平安和谐大诗篇。
四省通衢龙游盛，财源如泻汇浙西。
大吉大利大龙游，石窟开动大经济！！

【注】

① 2008 年 11 月初，浙江衢州和龙游政府及诗词组织在龙游召开诗词大会，邀请全国著名诗人与会，与会者亲睹了龙游石窟的壮景，开放的七座石窟，呈北斗七星状，石窟分布在凤凰山上，凤凰山依偎在瞿江和灵江江边。

② 据解说员讲，1992 年 6 月有人发现石潭里有鱼，于是就垂钓石潭，却钓上一条几十斤重的大鱼来。村民吴阿奶等人认为

石潭里大鱼很多，若将水抽空，定会大发鱼财。于是找几个人商量决定投资抽水。整整抽了十七个昼夜，一石潭才见底，不料一条鱼也没有，只见到四只龟，这是十七个昼夜劳动的唯一收获。然而，抽水的费用如何补回？几人不停的商讨争论，有人提出造个鬼城搞旅游可以收回投资，此时灵龟鸣叫，大家认为，灵龟鸣叫表示同意。不久鬼城开放了，引来的专家和学者为石窟打上了标签。1998年龙游县政府接管，开发旅游。现已定为四A级风景旅游区。

③ 龙游是四省通衢之地；他们的大政方针是“四位一体”；古今来龙游工作生活和龙游出生的名人、大家很多。

磨盘湖鹭情题句（为魏敏学摄影）

我知道
你的名字叫鹭
白鹭、苍鹭……
但我不知道
你从何方来
缘何择寒枝筑巢
你可知否易折者总是峣峣
你可知否高处气更寒、冷更暴
你为何不放下、不走掉……
为什么诚守着膝下那脆弱的生命
为家而辛劳……
可我却知道
因为你深信
只有站得高才能目及天涯芳草

只有站得高才能剪除尘俗的纷扰
你更加相信
经过风雨的折磨才会更珍惜阳光的普照
当雾破云开之际
第一缕光辉总是为你先笑
我还知道
你象征着环保、美丽、
纯洁和那如洗的长空浩浩……
你不忍离去
是因为你肩上担的、心里装的
同样是哪沉甸甸的
责任和报效
你洁白的羽毛
是你心灵的真是广告
你高尚的情操
足以让世上烂仔害臊
你的责任和忠诚
印证着伟大爱的骄傲……！

写给诗词

我
不能准确说出
你出生在哪个年度
但
我却知道

你的父母
你诞生在何处
社会劳动是你的生父
勤劳勇敢的人民大众是你的生母
中华民族是你的诞生地
长江黄河是养育你的甘乳
九百六十万平方公里疆域
是你成长的沃土
数千年的文化
数千年的文明
与你为伍
你传扬着太多的故事
你承载着太多的喜乐悲苦
坚强的向前延伸着脚下辉煌的路
时代更替
丝毫未减你情真意笃
日月轮回
更锻造了你独特的风骨
你是百姓的乐章
你是文学殿堂的基础
唐宋元明清为你的天才提供了滋补
你的神韵
你的风采
令宿代人着迷
折服……中国文学史
是你光辉的记录

你以自身的内涵为仕途铺路
成就了多少文人
龙骧凤翥
因为有你
生活才得以脱俗
因为你的存在
文化才更加丰富
你以特有的魅力亲近了
屈原　苏东坡　杜甫　辛弃疾
韩愈和太傅　张若虚等等
如繁星闪烁
然而
你的发展也不是一帆风顺
青云平步
也曾经历过坑儒
轰轰烈烈的年代也曾经亲睹
你曾几度被迫入冷宫
你沉默了
沉默不代表消亡
沉默不代表泯灭
沉默正孕育新的生机
沉默正运筹新的崛起
在二十世纪八十年代
你终于又一次令世人瞩目
抖起精神
貌似一株繁茂的梧桐树

招徕凤凰无数……听
那嘹亮的老凤声声
正引领着蜂拥而至声清色丽的凤雏
如珠垂虹吐
歌唱新时代
歌唱这壮美的蓝图
你以自己的特色
证实了“文学中的文学”
那雅致高妙的精粹品位和身份
你以独特的风貌和韵律
传承着久唱不衰的历史典故
述说着人世间的美好与可恶
你倡导文化的发展
社会的和睦
你是精神的家园
追求的航标
心灵的归宿
是国运昌盛的标志
是历史的见证
所以你赢得了
文人雅士的追随
仰慕……